肌馬の系譜

山田詠美

幻冬舎

肌馬の系譜

目次

わいせつな
おねえさまたちへ

なんとも言えない綺麗な瞳を持っている。そう幼ない頃から言われ続けて来ました。坊っちゃんの目で見りゃ、泥水も澄んだ湧き水に変わっちまうんじゃねえか、と冗談めかして言ったのは、祖母の所有するアパートの管理人を務める小島さんでした。

祖父の昔からの知り合いの息子さんだという小島さんは、私がもの心ついた時には、もう既に我が家のどこかしらで働いていました。常に自分で仕事を見つけては庭を掃き清めたり、縁台の修繕をしたりする彼を見て、私の母は、陰で「便利屋さん」と呼んでいました。

後に祖父が他界すると、祖母は、私の両親の提案を受け入れて、広過ぎる屋敷の一画を整備し独身女性専用のアパートを建てました。そして、小島さんは、そこの管理人に収まったのです。

まあ、管理をまかされるとは言っても、住人の共有スペースである廊下や玄関の清掃、ごみ置き場の点検、郵便受けに入り切らない荷物の預かりなどが主で、小島さんは時間を持て余しているようでした。私が管理人室の前を通り掛かると、大抵、気持良さげに船を漕いでいるのです。

そんな姿を認めると、私は、窓口のガラスを指ではじいて小島さんを起こしてやるのでした。それでも目を覚まさない場合は、その小さな窓を開けて、祖母の声音を真似て少し強い調子で言うのです。

「小島さん！　居眠りにお給金は出せませんことよ!!」

すると、小島さんは、飛び上がらんばかりに驚いて目を凝らすのです。そして、私の姿に気付いて安堵する。そんな変わり身がおもしろくて、私は、用もないのに居眠りが佳境に入っているらしいのを見計らって、その初老の管理人を襲撃するのでした。

「……なんだ……坊っちゃんか」

そう呟いて溜息をつく小島さんは、厳格な明治の男といった風情だった祖父よりも、高度成長期の波に乗った精力的な様子の父よりも、はるかに親しみ深い男として、私の目に映りました。まだ子供のくせに私と来たら、裕福な他人の屋敷の片隅で、ゆったりと時の流れに身をまかせて生きている小島さんを既に羨(うらやま)しいとすら感じていたのです。彼は、少しも建設的でない！　生産性もない！　それは、まったく私好みの人生のあり方なのでした。

しかし、年中、暇に見える小島さんでしたが、アパートを清潔に保ったりする雑用以外に、実は、はるかに重要な仕事をまかされていました。いえ、それは、仕事と言うより、むしろ任務と呼んだ方が相応しかったかもしれません。頼みますよ、小島さん！　と念を押すような祖母の声が、長い年月を経ても時折私の耳を掠める気がして、そのたびに身を震わせたものです。

　外の人々に向けては、我が尾崎家の女主人然として威厳を保っていた祖母の富江でしたが、孫たちにとっては、とても甘く優しいおばあちゃんでした。特に私に対する特別扱いはすさまじく、弟や妹への接し方とは比べものにならないほどでした。友也ちゃんは、尾崎家の跡取りになるのだからねえ、と何かにつけ口にする祖母ににっこりと愛想笑いを返す嫌らしいちびだった私ですが、内心、こんなふうに思っていたのです。ふん！　ばかあ、跡取りでなく小島さんになるんだもんねーだ！

　祖母は、嫁いで来た母をいびることもなかったようで、慕われていましたし、祖父の代から父へと続く仕事関係者の出入りにも寛容でした。家政婦さんたちも居心地が良さそうに働いていていました。

　しかし、そんな祖母が、男女の色恋についてだけは、ものすごく厳しかったのでした。いえ、それは厳しいというより嫌悪を表明するのに近かった。

　町内の祭りなどで、いちゃつく男女に出くわしたりすると、私の手をつかみ慌ててその場から立ち去ろうとするのです。引き摺られるような格好で浴衣の裾をはだけ、道端に下駄を置き去りにしてしまった私のことなどおかまいなし。裸足の踵を擦り剝いて、痛いよ痛いよと必死に訴える孫の声など無視して、祖母は怒りに身を震わせて唸るのです。

「なんてこと！　汚れが移っちまう、おお嫌だ！　よくもまあ、人前であんな汚ならしい姿をさらすもんだ」

　子供心にも、大袈裟過ぎるんじゃないのかと呆気に取られました。あの人たちは、ただ親密な様子で互いを突き合っていただけではないか。あけっ広げで、ぜーんぜん嫌らしくない……って言うか、つまんない。

　男女のことに関して一事が万事そんなふうであった祖母が敷地の一画に建てたアパートを女子専用にしたのも当然だったのです。男女が雑多に出入りするなんて、考えただけでも不潔で許しがたいことだったのでしょう。

　小島さんに管理をまかせるのが決まった時、祖母は、いくつかの規則を作って彼に伝えたのですが、その中でも一番の重要事項は、「男の訪問者は絶対に室内に入れないこと」でした。親兄弟の場合、父親なら管理人室に届けを出した後、共有玄関での立ち話をするくらいなら許可されます。でも、兄や弟は、いつ何時、装った偽者が訪ねて来るやも知れず、まったく信用ならないので、却下。

「小島さんだって男じゃないか。そんなにうるさく言うなら、女を管理人にすりゃあ良いんだ」

私がそう言うと、小島さんは、うしし、とずるそうに笑って首を横に振るのでした。

「いやいや、坊っちゃん、おれなんぞ年齢(とし)を取っちまったから、もう男の内になんぞ入らんと、大奥さまは思ってますですよ」

その時の小島さんは、六十を越えたあたりだったでしょうか。髪は、ずい分前から白髪混じりになり、脂っ気も抜けた感じでしたが、どう見ても、まだ男の内です。いや、性別というのではなく、彼から漂って来る匂いのようなものが。

「しかしね、男と認識されなくなったってのは、なかなか便利でしてね……」

その後に続く言葉を待ちましたが、小島さんは何も言わずに、ただうすら笑いを浮かべるだけでした。

男と認識されていない、と言えば、その時七歳だった私とて同じでしたから、彼の言う「便利」とやらを知りたいと思い、小島さんにいっそうまとわり付くことを決めたのです。

「あんまり小島さんにべったりしては駄目よ。あの方は家族じゃないんだから」

母は、そう言って、用もないのに小島さんに会いに行こうとする私をたしなめましたが、聞く耳など持ちませんでした。学校から帰ると、勉強部屋にランドセルを放り投げて、食堂のテーブルの上に用意されたおやつを紙ナプキンでくるみます。甘いものの好きな小島さんに献上するためです。そうして、アパートの管理人室に走って行く。いったい今日は、どんなことを教えてくれるのだろう、と胸を高鳴らせながら。

その女性専用アパートは、一階に四部屋、二階に三部屋ありました。どれも、四畳半か六畳程度の部屋で狭いながらも風呂と手洗いが付いていました。まだ銭湯に通う人々も多い時代でしたが、潔癖症の祖母が湯船を共有するなんて、と断固拒否してタイル貼りの小さな風呂を各部屋に付けたのでした。手洗いも同じです。

「便所なんか共同のやつで良いのによ、おれが掃除してやんのに」

小島さんは、そんなことを言うのです。

「あ、でも水洗便所なんだよな。それじゃなんか情緒がなくてつまんねえし、ま、いいか」

私は、その意味が全然解り(わか)ませんでした。一般家庭には、まだそんなに普及していない水洗トイレは、その清潔さにおいて画期的で、いち早く取り入れた私の家は学校の友達に羨しがられていたのです。

「どうして、水洗だとつまんないの？」

「だって、どんなのしたか見えないだろう？　良家の楚楚(そそ)としたお嬢さん方が、腹の中にどんなグロテスクなもん溜めてんのか見てみてえのよ」

グロテスク……という意味は解りませんでしたが、排泄物の形状を指すのだろうと予想して、少し胸が悪くなりました。いったいぜんたい、小島さんは、なんだってそんなものを見たがるんだろう。水洗便所には情緒がないと言った。それは、どういう意味なんだろう。

「ぼく、やだな。うんちとか、そういうの見たくない」

口を尖がらせて言う私を見て、小島さんは目を細めました。

「馬鹿だな。便所で用を足している女ほど、無防備で、可愛くって、そそるもんはねえよ」

「ええっ、そ、そ、そ、そうなの⁉」

そんなのは初耳です。私は、仰天して言葉を失ってしまいました。

「おーっと、いけね。坊っちゃん相手に話すことじゃなかったか。おれが話すあれこれは、絶対にここだけの秘密だぞ」

私は、ぶんぶんと音がするくらい激しく頷きました。

「こ、小島さん、ぼく相手で良ければ、いつでも話、聞いてやってもいいよ……」

小島さんは、ははは、とのけぞって笑いました。

「こいつは一本取られたな。ずい分と生意気な坊っちゃんだ」

私は、小島さんの横顔に続く喉仏が上下するのを見詰めました。まるで、怪しい言葉を押し出すポンプのようで目が離せません。

「坊っちゃん、おれの任務は？」

「ここに住んでいる真面目で清楚なお嬢さん方に悪い虫が付かないよう、常に目を光らせていることです」

前に、小島さんが言ったことを復唱しました。すると、彼は、親しみを込めた乱暴な調子で、髪をかき乱すようにして頭を撫でてくれたのです。なんか……その時、私は、すごく嬉しくなってしまったのでした。まるで、秘密の師匠を持ったような気がして。これから自分がどんなことを仕込まれるのか、考えただけでもわくわくして落ち着かない気分です。

管理人室に入り浸る日々が始まりました。と、言っても、両親が知ったら良い顔をしないのは解っていましたから、私は、自身を、放課後にはじっとしていられない腕白な少年に見せかけることにしました。下校して、宿題をすませるや否や、外に飛び出して悪がき共と河原や原っぱなどで冒険と称して遊び回る、そんな呑気な大人が考える男の子らしい男の子。

しかし、実際は家を出た後に、こっそり裏口から再び中に戻り、アパートの管理人室に行くのです。

その時間帯は小島さんも何もすることがなく、例によって、うつらうつらしているか、ぼんやりしている。しかし、たまに本を読んでいることもありました。

小島さんと読書は、どうにも似合わないなあ、と思った私は何を読んでいるのか尋ねてみました。すると、彼は、出し惜しみするようにもったいぶった後、ぱらぱらとページをめくり、挿絵のある箇所を見つけて、私に、ほれ、と言って差し出しました。

その瞬間、私は、あわわわわと妙な声を発したまま後ずさりしてしまったのです。

「ありゃ？　坊っちゃんを怖がらせちまったか」

小島さんは、さもおかしそうに言いましたが、そこに載っていたのは、かろうじて襦袢をまとわり付かせた状態の半裸の女が、男たちにいたぶられている絵でした。体じゅうが荒縄で縛られ締め付けられ、豊満な乳房は潰されて歪んでいました。太腿などは、まるで御中元御歳暮の時期にいただくボンレスハムのように段々になっています。

「こ、こ、小島さんは、こういう絵が好きなの？」

「いやいや。こいつは、ただのグロだな。下品なだけでたいしたことない。責め絵も伊藤晴雨くらいになると、さすがと思えるけどな」

「……ぼく、こんなの嫌だ……怖いよ。怪獣映画みたいだよ」

男のくせに、と言われるのが嫌で、学校の友達には黙っていましたが、私は怪獣映画が大の苦手でした。先生方が、子供たちを喜ばせようとするのか、時々、公民館で上映会などを催してくれるのですが、それは大変迷惑なのでした。特に、あのおどろおどろしい大音響。そして、気味の悪い、怪獣の異形ぶり。私は、元来、ひっそりとしているものが好きなのです。

「怪獣映画は良かったな」

　そう言って、小島さんは笑いましたが、私は、真剣な気持で思ったのです。この絵は、まるで、頭や尻っぽがいくつもあるキングギドラや、鋭いくちばしで敵を突くラドン、糸を吐いて相手を搦め捕るモスラの幼虫……それらがくんずほぐれつして、獲物をいたぶっているようではありませんか。

「おれも別に、こういうのは趣味じゃないんだわ。うちにいただきもんのがいっぱいあるから、読んでみるかと思っただけで」

「……いただきもんって……誰にもらったの？」

「そりゃ、言えねえな」

　もったいぶっているのか、さすがに子供の私を気づかっているのか、小島さんは何度尋ねても答えてはくれませんでした。

「小島さんは、本当に、今、見せてくれた絵みたいなの嫌いなの？」

「まあね。おれは、どっちかって言うと、乱歩贔屓だからな」

「らんぽびいき？」

「江戸川乱歩」

　あっと思いました。それなら、私も図書館で借りて読んだことがあります。「少年探偵団」シリーズの作者です。

　ようやく小島さんと共通の話題が見つかり、私は嬉しくなって、明智小五郎や小林少年について話し始めました。すると、小島さんは、チッチッと舌を鳴らしながら、私の話を遮るのです。

「おれの乱歩は、そっちじゃねえんだな」

どういう意味か解らず、小島さんの話を聞いていると、知っていた筈の乱歩という作家がずい分と妙な人物に思えて来て困惑してしまうのでした。

「ほ、ほんとなの？　小島さん。男の人が女の人の椅子になっちまうなんて……」

「そうそう。いいぞう、人間椅子。ありゃ一種の理想形だな。女が気付いてないとこが何とも言えない」

その後に続く、小島さんお気に入りの乱歩話も、まだ幼な子の私にとっては驚愕に値するものでした。そんな変な人間たちが、この世に存在するものか。

「……でも……でもさ、そういうのは全部作り話でしょ？」

「そうとも限らないぞう。小説家の嘘話には、根も葉もあると言うし。実際に屋根裏を散歩している奴もいるかもしれん」

私は、飛び上がってしまいました。その話を聞いて以来、ずい分と長い間、夜、眠れなくなったほどです。古い天井の寄せ木が軋むたびに布団を被って震えていました。

人間椅子や屋根裏の散歩者に甘苦しい共感を抱くようになるには、後、二、三年が必要でした。ええ、二、三年も。いえ、たった二、三年と言うべきでしょうか。私は、小島さんという、湿った色の道の伝道師の薫陶を受け、人よりもはるかに若くして、みだらな修行者となったのです。

「見られているのに気付かずにいる女を観察するのは醍醐味だな」

その醍醐味というのを教えるために、ある日、小島さんは、アパートの一階の部屋の風呂場を私に覗かせてくれました。換気のためか、入浴中に限らず、そこの窓はいつも少しだけ開けてあるというのです。

屋敷の一画にあるという安心感からか、女性ばかりのアパートにもかかわらず、ここの防犯は驚くほど緩く、どの住人も戸締まりにはさほど気を使っていないようでした。部屋の鍵を掛けずに外出する人もいる、と小島さんは呆れていました。

「ま、その分、おれが見張ってやってるから安全なんだけどよ」

そう笑う小島さんは、地面にかがみ込んで丸くなり、私の踏み台になってくれました。秋の夕暮れ、ヤツデの葉の陰で、私たちの存在は薄闇に紛れていました。どこからか金木犀の香りが漂って来ます。

開けられた窓の隙間から風呂場の中を覗くと、狭い洗い場で立て膝になって体を洗っている女の姿がありました。タオルなどは使わず、手の平で皮膚を撫でるようにしています。石鹸の泡が体中に広がっては消えて行くさまを私が陶然としたまま見詰めていると、小島さんはゆっくりと体を起こし、音を立てないように持ち上げた私を支えて地面に立たせました。そして、今度は、自身で風呂場の中を覗いたのです。

ちぇ、もっと見ていたかったなあ、と惜しい気持で小島さんが促すのに従った私でしたが、その直後、彼のズボンのジッパーが降ろされていて、そこから、にゅうっと性器が突き出しているのに気付き、仰天してしまいました。

私は、自分の性器が固くなる状態を既に知ってはいましたが、大人の男のものが、あそこまで猛猛(たけだけ)しい様相を呈するとは！　いつぞや話していた怪獣映画が甦りました。何と言うか……角(つの)っぽい？　すごく暴力的で強そうだ。不死身な感じがする。

いえ、しかし、それは全然不死身などではなく、小島さんの手に握られて激しくいくたびかこすられただけで、白い液体をぱっぱっと吐き出し息絶えてしまったようでした。予想外の短命でした。

その直後の小島さんは、急に俊敏な動きを見せ、私の背を突き飛ばすようにして急(せ)き立てました。そして、すたこらさっさという感じでその場を逃げ出したのです。

慌てて後に続く私は、金木犀の香りが一瞬の内に石鹼のそれに変わった瞬間の光景を、脳裏に刻み込みました。そして、後々、反芻して、何度も愉悦に浸ったものです。

「坊っちゃん、相手に気付かれない観察者は支配者でもあるんだよ。女の自由を決して奪うことなく、好き放題にさせてやる寛大な支配者だ。ひょーっ、おれって良いこと言うなあ」

本当です。誰を傷付ける筈もない優しい支配者に見守られたこのアパートの女たちの幸せっぷりと言ったら！

この日以来、小島さんは、私にさまざまな機会を与えてくれるようになったのでした。一階の他の部屋の風呂場やトイレはもちろん、屋根裏の散歩者よろしく、納戸から天井裏に入り込み、這って節穴から部屋を覗いたこともあります。さすがにこの時は、天井裏に何かいるようだと通報がありました。すると、小島さんは、あたかも調べはすんだというように、草叢（くさむら）に棲息する青大将が侵入したと報告して、住人を恐怖に突き落としたのでした。しかし、その後、自分が退治してやったと、どこかから拾って来た蛇の死骸を見せて、皆に感謝されたのです。

「やっぱり、小島さんがいると安心だわあ。頼れる番人という感じね」

そう、感に堪えない、という表情で小島さんを見詰めたのは、二階の真ん中の部屋に住む田代滝子さんでした。駅の近くの薬局で働く薬剤師さんで、肩まである髪を引っ詰めにし、瓶底（びんぞこ）眼鏡をかけた、おかたい、さえない雰囲気の女の人でした。

いつも仏頂面のその人が頰を紅潮させて小島さんを見ているので、立ち会った他の入居者たちは、少しばかり意外に感じたようです。よっぽど安心したのねえ、などと顔を見合わせて頷いていました。

しかししかし、小島さんと私は知っていました。この田代滝子という女の、鎧（よろい）のような地味で頑なな装いの下に、どれほど淫らな本性を隠しているのかを。

　アパートの二階は、突き当たりの部屋が、ここしばらく空いていました。それを良いことに、小島さんと私は、時々、そこに潜んで隣に住む田代滝子の生活ぶりを覗いていたのです。

　最初は、壁に耳を付ける程度でしたが、どうもただならぬ衣ずれの音や、溜息などが聞こえて来て、小島さんも私も、これはしっかり確認せねばならぬと思っていたのでした。そして、そんな時、柱と漆喰の壁の合わせ目がずれて隙間が出来ているのを発見したのです。おお、これは都合が良いとばかりにそこに小刀を差し込んで壁を削り、覗きのために丁度良い空間をこしらえたのは、もちろん小島さんです。そして、本来ならば坊っちゃんの私ですが、この時ばかりは丁稚（でっち）になり、作業を手伝ったのでした。

　田代滝子は、毎日のように自慰に耽っていました。もちろん、私は、そう呼ぶのだとは知りませんでしたが、小島さんが風呂場を覗きながらする行為と同じなのだと教わりました。

　乱れる女の姿をひとしきり楽しんだ後、私たちは、廊下を軋ませないようにそおっと歩いてアパートの外に出ました。そして、庭石に腰を降ろしてひと息つくのです。小島さんは、隠して置いた缶からを灰皿にして煙草を吸うのが常でした。

「今日も良いながめでしたなあ、坊っちゃん」

そう言って、小島さんは、さも旨そうに煙を吐くのでした。

「でも、ぼく、解んないや。女の人も自分であんなことするなんて気持が悪いよ」

「本当かい？　坊っちゃんのちっちゃいあそこが固くなっていたのを、おれ、見たぜ。そろそろ、ちゃんとなだめてやらにゃあ」

うん、と言って、私は立ち上がり、それをしおに二人は、それぞれの居場所に戻って行くのでした。小島さんは、ほど近い老母と暮らす古家に。そして、私は、離れにある自室に。勉学に励むようにと、きょうだいの中で私だけに与えられた部屋でしたが、まったく違う用途で便利使いをしていた訳です。

私は、その部屋を抜け出しては小島さんと過ごし、そして、こっそりと戻って来ては、彼に教えられたことのおさらいをし、空想の世界に旅をするのでした。

「まったく……誰も見てねえと、女ってのは何をするか解らんねえ」

小島さんの言葉が甦ります。と、同時に、見たばかりの田代滝子の紅潮した頬や足の間に差し込んだ指たちの動きなどが、脳内に張られたスクリーンの上で何度も何度も再現されるのです。どれもこれも、べちゃべちゃしてた。糸まで引いていた。

あんな、おっかないくらいに真面目な風情の女の人なのに。はー、人は見かけに依らないんだなあ。

小島さんは、女の人の痴態を覗き見るたびに、満足気に呟くのが常でした。

「いやはや……猥褻だねえ」

「わいせつ？　それ、どういう意味？」

「今さっき、おれと坊っちゃんが見た恥知らずのねえちゃんのことさ」

　わいせつ。それが、他人様にお見せ出来ない恥かしいものをさらしてしまっている、そういう状態を指すのだと解りました。

　しかし、まだ子供の私です。それが性に関する用語としてのみ使われるとは思わず、テレビジョンの画面の中で、幼な子にも見破られるほどのしらじらしい発言をしている政治家を指差して、わいせつだ！　と叫んでしまったのは大失敗でした。両親共に驚愕し、母は蒼白になり、父は、そんな言葉をどこで覚えて来た！　と怒鳴りちらしました。うろ覚えはいけませんね、桑原桑原（くわばらくわばら）。剣呑剣呑（けんのんけんのん）。

　私は、周囲を欺くために優等生のふりをすることにしました。小島さんも、それが良いと同意してくれたのです。万が一、お縄にでもなったら、おれと坊っちゃんの天国は失くなってしまうぞ、と言われて肝に銘じました。見せかけの優等生を演出するのは難儀ではありましたが、私は、小島さんによる猥褻の英才教育を受け続けたいと、切に願ったのです。

　小島さんは丁寧に私を導いてくれました。ホームグラウンドである女性用アパートだけでなく、時には遠出をして公園に行き、木々に囲まれた夜のベンチの上で男に絡み付く、妙齢の嬌態を熱心に観察することもありました。

あちこちで驚くほどの数の男女が体をすり合わせて発火していました。すると、その劣情の目撃者になるべく、これまた少なくない数の男たちが身を潜めているのでした。

同好の士か、と小島さんに尋ねると、彼は、ふん、と鼻を鳴らすのです。

「まあな。ほんとは、あんな出歯亀どもとは一緒にされたくないとこだけどな」

そんな頼もしい小島さんの教えを乞いながら、私は、どれだけの猥褻に立ち会ったことでしょう。

それは、どれもこれも眼福と呼べる体験でした。後に、会う人ごとに、目が綺麗だと褒められるようになる私ですが、当然でしょう。あんなにも嫌らしく蠱惑に満ちたおねえさま方の所作を目の当たりにして来たのですから。その多岐に亘る覗きの鍛錬は、どんな汚水をも聖水に見える瞳を私に与えたのです。これぞ眼福に特化した英才教育！　ああ、世界は美しい。with women!!

私は、公園での交尾にわさわさと群がる市井の出歯亀とは一線を画した、覗きの巧者となるべく励みました。同じ公園でなら、藪蚊にたかられる茂みより、公衆便所に意匠を凝らして臨みたい。それがアーティストというもの。筋力を付けて、ドアの最上部で懸垂することだって厭わない。それがアスリートというもの。

そして、ひそやかに、ひっそりと、粛然として観察する。女たちの自由を奪うことなく、好き放題にさせてやる、寛大な支配者になる。

　こうして、私は小島門下としての道を歩んで行きました。まるで、忍びの術を会得するかのように、ひそやかな覗き見法を伝授されながら成長したのです。文字通り目はしの利く悪童は、成熟した盗視者となりました。

　このまま、順風満帆に進んで行くと思われた私の好事家人生でしたが、大学も三年目に入ろうとする頃、重大事件が起こりました。

　なんと、小島さんが田代滝子に刺し殺されてしまったのです。

　師匠ともあろう御方が、うかつな覗きで見つかってしまうとは！　そう衝撃を受けた私でしたが、違ったのです。

　真相は、さらに、私にとって衝撃的なものでした。事情聴取にあたって田代滝子が白状したことによると、彼女と小島さんは、ここ数年、恋愛関係にあったというのです。ところが、たび重なる男の浮気でいさかいが絶えなくなり、とうとう刃傷沙汰を引き起こしてしまった、と彼女は語ったそうです。そして、こう泣き叫んだとか。

「初めの頃、あの人は、私の一挙手一投足をも見逃すまいと常に盗み見するくらいに、私を愛してくれたのよーっ!!」

　あ、それ、勘違い、と私は思いましたが、関わり合いになりたくないので黙っていました。

「あー、やだやだ。店子と管理人がそんな関係になっていたなんて」

「でも、奥さま、あの小島さんって、ちょっと崩れた色気がありましたでしょ？」

「そうですよ。あの刈り上げた白髪頭とか、着流しなんかが似合いそうな風情で」

「そうかしら。それより今回のことで、お義母さまが激怒のあまりお倒れになって……大丈夫かしらん」

　母と家政婦たちのやり取りを耳にしながら私は、今は亡き小島さんの言葉のあれこれを感傷と共に思い出していました。

「坊っちゃんのお祖父ちゃんは、あんなにお偉いお方なのに、色事の趣味があんまり良くなかったねえ。いや、偉いから、いたぶりたくなるのか……大奥さまもあれじゃあ……」

　その先が気になって、じっと聞き入る私に気付いて、小島さんは口をつぐみました。そして、私の頭を撫でながら、再び話し始めたのです。

「坊っちゃんは、雅びに女を愛でなくてはならないよ」

　私には痛いほど、その意味が理解出来るのでした。小島さんを心から恋しく思うのと同時に、勘違いから、俗な女との色恋の渦中にいたと断定されてしまった彼の無念を慮ると、憐れでならなくなり、泣きながら、祖母が臥せる母屋の部屋へと向かいました。大学院に進学する予定の自分に管理人のアルバイトをさせてくれと頼むつもりでした。小島さんの後を継ぐことが供養になると考えたのです。

祖母は布団の中で泣いていました。小島、小島とその名を呼びながら、もう一度、富江と呼んでぇ、と呻(うめ)いているのです。

あのいかめしい祖父の姿が甦ります。でも、りっぱな偉い祖父より御簾(みす)の向こうの女を視線で愛でた小島さんの方がはるかに雅びのエリートだったのか。そんな彼の元で開眼した私は、猥褻なおねえさまたちのための、生え抜きです。

〈私が好きなのは、男に凌辱されることです。〉

と、こう書き出して、山川英々(えいえい)は窮地に陥るのである。ここのところ、仕事に取り掛かるたびに彼女を悩ませるのは、今はやりの「ＰＣ」ってやつ。いや、別に今、はやり始めた訳ではなく、一九七〇年代から八〇年代にかけて、左派によって使われ始めた。仲間内のジョークみたいな感じで。

「ポリティカリー・コレクト」と呼ばれたそれは、どんどん普遍性を吸収しながら広まり、「ポリティカル・コレクトネス」とも呼ばれ、「ＰＣ」と略され、やがて「ポリコレ」という誰もが心得る現代用語の基礎知識のひとつとなった。

――ポリティカル・コレクトネス（英：political correctness、略称：ＰＣ、ポリコレ）とは、社会の特定のグループのメンバーに不快感や不利益を与えないように意図された言語、政策、対策を表す言葉であり、人種・宗教・性別などの違いによる偏見・差別を含まない中立的な表現や用語を用いることを指す。政治的妥当性とも言われる。

なんだってさ。Wikipediaを見たら、そう説明してあった。

そっかー、勉強になります！　と姿勢を正す英々は、ひと昔前の肩書きでプロフィルを明かしてみれば、「女流作家、四十六歳」ということになるのだが、今時、「女流」って言葉は、自分で名のれば自虐、他人がそう呼べば差別。だから、ただの「作家」。家を作る人。大工？（違う）おまけに、年齢なんて、ただの記号よ！　と英々は思うのだが、女ばっかり年齢差別して、という人々もいるので、かなりの頻度で「年齢不詳」。

よって、英々の紹介記事には「作家」とだけ表記されるが、それだけでは、どうにも心許ないと言わんばかりに、世界各国を放浪し、帰国後、小説家デビューなんて付け加えられている。なんか、すっかりつまんない物書きに成り下がっていると感じるのは気のせいか。

これ書いたの、男なのか女なのか、なーんて物議を醸す連中とか相手にしたくないんですよっ！　と息巻く女性編集者の助言に従って、本名、山川英美子のところを、あえて、性別不明のペンネーム、山川英々に変えてみた。

適当な名前を探している時、ちょうどかけっ放しにしていたTVドラマに荒川良々という俳優が出演していたので、あ、いいじゃん、と思って参考にさせてもらった。

これで、安易に、女が書くもんはよー、とか言われないですみますね！　と、女性編集者は胸を張ったけれども、あちこちに顔写真出てるから解るんじゃないの？　と、英々は笑い出したくなる。それとも、見た目で性別を決め付けるのも駄目なんだっけ？　ねえ、女流編集者さん！

と、問うてみたいところだが、何も言わない。そこ、自分、重要じゃないと思ってるし、と英々は心の中で呟く。世の中には、もっと重大な差別問題が沢山あるだろうに、とうんざりするが、小さな差別から摘み取って行かなくては、真にフェアな世界は訪れないんです、一事が万事。とPC意識の高い人々は言う。すると、それもそうかもなー、とこれまでその種の問題点に目を向けなかったという自覚のある英々は、ぺこりと頭を下げたくなるのである。

負い目ってやつか。長いこと差別と戦って来た人々に申し訳ないと心から思うのである。男友達に「チビ」とか「ハゲ」とか平気で言って笑ってたし。

この間、身長一七〇センチ以下の男には人権がないと発言した人気プロゲーマーの女性が契約解除になったそうだ。本当にひどいことだ（彼らの身長ではなく、発言が）。英々は、チビの男友達を笑いこそすれ、その後に、ちゃんと、背の高い低いが人間性を決める訳ではないと思いやりを持って付け足す。でも、それだけでは駄目だったんだな。こうも続けたっけ。

「大丈夫！　背の高い女と付き合ったとしても、二人で横になっちゃえば関係ない。むしろ、余計な足さばきが邪魔にならなくて、相手に喜ばれるかも解んないよ」

身長を気にしている男友達は、渋～い表情を浮かべる。だから、英々は、脇の下に冷たい汗が流れ出すのを感じながら、もっと思いやり深く言う。

「だいたいさ、ルッキズムっていうの？　それって、周囲と比較するから差別を生む訳でしょ？　もし、あんたが、誰も人のいない荒野に立っていてごらん？　野性味あふれる生き物として存在出来る訳じゃん！　そしたら、もう、そこで背の高さなんて、関係ない関係ない」

するど、目の前の男は、渋いどころか苦々しい表情で吐き捨てるのである。

「その荒野に、でかいゴリラとか来たらどうするんだよ。あれ？　あそこに何やら、ちましました生きもんがいるぞって、寄って来たら」

「……えっと、ゴリラって、あんたより背が高いんだっけ……」

「知らねえよ！」

なんか、色んな場合を想定するんだなあ、と呆れるやら感心するやら、の英々である。荒野の設定なのに、隣にセブンスターの箱を持って来て、食玩の大きさを計るようないじましい思いつき……あ、喫煙の大罪が喧伝（けんでん）される今の時代、煙草が物差しになることはないか。あーあ、便利な測定基準だったのに。

と、言う英々自身は、ティーン・エイジャーから続いたヘビースモーカーの歴史など、すっかり忘れたかのように、十年も前から非喫煙者にして、大の煙草嫌いである。

でもさ、と英々は認めざるを得ない。昔の映画の中とかで煙草を吸う男、いや時々女も大好きなのよ、と。やっぱり、ハンフリー・ボガートとか妻だったローレン・バコールとか格好良いじゃない？　と。煙草が関係しているからといって、何でもかんでも排除する風潮には反対、ではあるのだ。

でも、中庸を取ったものわかりの良い自分のつもりで言ったら、後輩に呆れられた。

「煙草を吸っていても、ハンフリー・ボガートなら格好良いっていうのって、ハゲだけどショーン・コネリーやヴィン・ディーゼルは格好良いってのと同じじゃないんですか？　そういう、おためごかし？　みたいなの良くないですよ。ハゲはハゲ。チビはチビ。誰をどう傷付けるか解らないので、使っちゃ駄目なんです！」

「すいません」

「それより、さっき、聞き捨てならないことを口にしましたね。映画の中とかで煙草を吸う男、いや時々、女も大好きって。なんで時々、女、なんですか？　それ、女を差別してませんか？」

「……えーっと、それって、『時々』が差別用語って訳？」

うっと、後輩は言葉に詰まった。そして、目玉をぐるりんと回して、しばし考えたようだった。

「あー、なんか解んなくなっちゃいました。要するに、喫煙者を忌み嫌うにしても、許容するにしても、やるなら男女全般に目配りして欲しいってことです」

それを聞いた英々は、我が意を得たりとばかりに、後輩を指差して、意地悪な笑いを浮かべた。

「あー、いーけないいんだいけないいんだー、男女全般なんて言い方は、ポリコレ違反なんだよーん」

後輩は、しまった、というように口許を押さえた。

「LGBTQの方々に配慮が足りませんでした」

「そーだそーだ。魔里夫とリリーのことを想い描いて、言い直しなさいよ！」

ゲイの魔里夫とレズビアンのリリーは、共に英々の仲の良い友達で、喫煙者である。

「男も女もLもGもBもTもQも、あとプラス？ですか、喫煙する人類は、すべて、その人類自体の健康を脅かしているんです。もちろん環境も」

「うーん、すべてに配慮している同業者の君を見るのは、今を生きる作家冥利に尽きるね」

「……そうでしょうか。私、言っている内に、ものごとがどんどん漠然とした感じになって不本意にも、なんか、どうでも良い事態に進んで行くように感じています。やっぱり、喫煙者には、ハンフリー・ボガート、ハゲにはショーン・コネリーという具体的な指針が必要ですね」

「だよねー、その方が世の中に彩りを添えるよ。世界平和を叫ぶより杉並区の平和を叫んだ方が幸せに近付く感じ？」

「……もう、何が何だか解りませんよ」

「仕方ないよ。チビが“vertically challenged”と呼ばれる時代だもの」

「なんすか、それ」

「垂直方向に挑戦してる人って意味らしい」

「わはは、なんか三角定規が必要みたいですね。でも、英々先輩や私がチャレンジしている文学とやらは分度器使って角度をずらしてやるもんじゃないですか」

いいこと言うじゃん、と英々は後輩をちょっぴり見直したのであった。今の世の中は三角定規に満ちている。三つの角度を足すと、百八十度。まっすぐ。良く出来ました。ウェル・ダン。

でもなあ、と英々は首を傾げてしまう。小説家も含めて作家と呼ばれる人種は、その「良い出来」から、どうしても逃げ出したくなるのだ。少なくとも、自分の作品上においては。

話は戻るが、男に凌辱されるのが好みと言ったのは、英々の長年の女友達である正子（しょうこ）だ。

この女は、それ、人に聞かれたらどうすんの？　と言いたくなるような話が大好き。そして、周囲が慌てる様子を見て楽しんでいる。差別や猥褻や偏見に関する用語を口にすると目の前の人間がどんな奴かが解っておもしろいと言う。

「凌辱もね、それだけだとただの単語。でも、好きって付けると、良くも悪くも生き返るのよ。そして、するのかされるのかを明確にすると、勝手に歩き出す。そこに、性別も加わると、天罰が下るか、ひたすら同情を勝ち取るか、まあ、いずれにせよ、好感度のほとんどない言葉ではあるんだけどさ」

「あんたが男でなくて良かったね。そんなこと口に出したら、されるにしても、するにしても、常識ない人間認定されるよ？」

「うん。だから、私は、同好の士にしか詳しい話はしないんだよ、魔里夫とか」

ああ、彼なら、正子とその種の話で盛り上がりそうだ、と英々は思った。ぼくも男に凌辱されるの好き〜とか言ってはしゃぎそう。ほら、ぼくって尽くすタイプじゃない？　好きな男には辱めてもらいたい訳。それで喜んでもらうのがぼくの愛の形。いつだったか、そう語ってうっとりとしていたっけ。献身の形も色々だもんねー、と、その場にいた何人かが、いっせいに同意したと記憶している。

「でも、好きな相手に限るのよ」

「そうそう。嫌いな奴に凌辱されたら死ぬわ」

「そこの境目が難しいとこなの」

「同意のあるなしを勘違いすると大変なことになる」

「『クルージング』っていう昔の映画では、ゲイタウンの犯罪を追って、アル・パチーノがハッテンバに潜伏捜査に入るの。すると、その経過で、ある男が彼に尋ねるの。どんなサイズなんだ？　って。するとアル・パチーノは……」

「知ってるーっ、ひと言、パーティサイズ、って言うの」

「そう！　そして、今度は、彼に尋ね返す」

「ヒップス オア リップス？　でしょ？」

「ぎゃーっ！　同意ばんざーい！」

皆で、大騒ぎした下世話な夜だった。パーティサイズが同意の条件なのか。どんだけでかいんだ、と英々は、ケンタッキーフライドチキンのパーティバーレルを思い出したりしていた。そして、ヒップスかリップスか……すごい……肛門とオーラルが韻を踏んでいる。

「凌辱がレイプを意味するか、プレイを意味するかは当人によると思う」

「いや、圧倒的にレイプでしょ」

「うん。でも、ほんの少数派ですけど、プレイの場合もあるんです。そして、そのプレイに関しては、他人にあれこれ言われたくないの」

そうそう、とばかりに、正子と魔里夫は顔を見合わせて頷く。個人のフェチの領域にある場合って意味ね、と英々は思う。彼女自身も加虐と被虐については小説に書く。すると、加虐趣味と被虐趣味を加害者と被害者のように受け取る人が多いことに驚く。社会的理不尽な境遇に置かれている人々について書いた訳ではないのに。親密な男女のベッドの中での言葉責めの応酬に、ポリコレを持ち込まれてもねえ……と困惑してしまうのだ。でも、言われる。そんなに男をつけ上がらせてどうするの？　あるいは、虐げられて来た女たちに思いが及ばないの？　と。

女がレイプされて喜んでいるように取られかねないから書き直した方が良いかもしれませんね、と件（くだん）の女流……じゃなかった女性編集者に苦言らしきものを呈されたこともあった。ようやく思いが叶って、求め続けていた男に乱暴に押し倒された時の快楽について書いた時のことだ。

えー？　と思った。不法侵入した男に襲われた訳じゃないのに。

「それは、コンセンサスの問題です！」

と、きっぱりと言うのは、英々の先輩である。母親に近いくらい年の差がある彼女だが、何かにつけて、友人のように話し相手になってくれる。彼女こそ年齢はただの記号と言いたくなるような若々しさと傍若無人さに満ちあふれていて、英々に力をお裾分けしてくれるのだ。ファンキーなおばちゃん。あ、おばちゃんもまずいのか。

「コンセンサス……やはり、意見の一致、ですかね」

「まあね。でも、個人の生活のコンセンサスなんて、正義の許には意味も価値もないって決め込んでる人も多いからね。彼らの言う正しさは、個人名もそのプライヴァシーも必要としなかったりするもん」

「個人名……」

「そう。主語は、男、そして、女、だったりする」

「え？　大ざっぱですね」

「そうだよ。差別主義者は、元々、だいたいが大ざっぱで不正確だけど、差別に反対する人が極端に走ると、やはり大ざっぱで不正確になるのよ。極論は正しくない」

差別に反対する人か……と、英々は、もう何十年も自分と同じ業界に身を置いて来た先輩の言葉を反芻する。

自分のまわりには、表立って差別を良しとしている人なんて、ほとんどいない。でも、差別語を使うことはあるだろう。それは、差別について考えて語ったり書いたりする時だ。差別主義者を描くことと、実際に差別主義者であることは違うではないか。

たとえば、「おまえみたいなブス」と平然と口に出す男を書いてみる。すると、よくもそんな男を出してくれたな、とクレームを付ける読者が必ずいるのである。そこで「おまえみたいな可愛気のあるブス」とひと言、付け加えてみる。でも、今となってはこれも駄目。とにかく「ブス」は、どんな場合においても禁句になってしまったらしいのだ。

男の場合、「ブス」に匹敵する呼び名は何だろう。「ゲス」だとシンメトリーな語感で収まりは良いが、そこに魅力を含むキャラクター設定には無理があるので、ここは、やはり「醜男」だろう。

そう思い付くと、英々の胸は、甘苦しくなるのである。何故なら、彼女の好みは〝セクシー〟な醜男だから。「ブオトコ」とだけ表記すると、確かに差別している感じがするが、そこに「セクシー」を付けて漢字に直すと、体が疼くような気がする。もしかしたら、「ブス」はお断わりだが、セクシーな醜女(しこめ)にならそそられる、と感じている男も世の中には少なくないかも解らない。

「まさか『ブス』が、悪態用語でなく、全面的に差別用語になる時代がやって来るとは。これじゃあ、ブス！　と吐き捨てる最低男を紙面で糾弾することが出来ないどころか、魅力的なブスに言及することすら出来ないじゃありませんか！」

「もう、この世に、魅力的なブスという概念は存在しないのよ」

英々の不平に、先輩は、首を横に振りながら言う。

「私たち物書き業界は、差別語をいかにして他の言葉に言い替えるかに腐心して来た。でも概念自体を根こそぎ剝奪されたらお終(しま)いよ。私、ずっと、味のあるブスと呼ばれて来て、それは悪い人生ではなかったわ……」

「……そんな……もう死ぬみたいな」

「ふん！　死ぬもんですか！　誰か別の言いまわしで、私のたたずまいを誉めてみなさいよ！」

「たたずまい！　ですよねー！　外見をあげつらうルッキズムは廃止され、これからは、たたずまいを誉めよ！　ですね」

ああ、と先輩は、顔を覆ってしまった。思えば、この方はデビューして以来、ずっと「微妙なルックス」と言われ続けて来たのだった。そのことは、「大胆な性描写」と相まって、人々にからかいのきっかけを与えて来た。男にも、女にも（おっと、たぶん、ＬＧＢＴＱにも）だ。でも、先輩は、どってことない、と自分に言い聞かせて来ただろう。容姿について語ることがタブーであると制定されるまでは。人々はもう、良くも悪くも彼女のルックスを話題にしなくなるだろう。その内、関心すら失くす。

そう。制定なんだよな。いずれ罰則も作られるだろう。ルッキズムを犯した人物を囲んだ糾弾会というのも開かれるかもしれない。言葉のために存在した裏表のＴ、Ｐ、Ｏなんて、消えて行くのだ。内輪だけのお喋りに政治的な正しさが介入して来るなんて！

「英語では、目の不自由な人の“blind”も、耳の不自由な人の“deaf”も使っちゃならないんだって」

先輩が唐突に言った。音楽業界どうなるの？　と。

「ジャニス・イアンの名曲『ラブ・イズ・ブラインド』は、どうなるんですかね」

「あら、英々は、ずい分、古い曲を知ってるのね。私は、PC無視した差別語だらけのヒップホップがどうなってしまうのか心配でたまらないわ。ラッセル・シモンズ……、リック・ルービン……私の青い春……」

その世代か。

「私が大好きだったR&Bの世界は特にやばいのよー。ポリコレと完全に対立した歌詞ばっかり。ジェイムズ・ブラウンの『イッツ・ア・マンズ・マンズ・マンズ・ワールド』なんてさ、この世は男で回ってるっていうの。車だって、列車だって、ボートも男が作ったって。ノアだって方舟作ったたろって」

「えー、そんな歌、あるんですか？」

「うん。ひどいでしょ？　でも、JBは、だけど男だけじゃ駄目なんだって、歌い上げてるのよ！　ナッシング・ウィズアウト・ア・ウーマン・オア・ア・ガール……!!」

「そのJBさんとやら、男が車とか列車とか作っている時に、女が生活面でバックアップしてなかったら生活成り立たないって解ってたんですかねえ」

「あなたまで、そんなこと言うの!?　英々。いいのよ！　JBは『セックス・マシーン』なんだから!!」

そんな歌まで!?　と思ったら、先輩は「ゲロッパ！」と叫んで歌いながら踊り始めた。

JBは九二年の日清カップヌードルのMISOのキャラクターになったとか。MISO

にかけた「ミソッパ」という替えフレーズも良かったと先輩は語った。マンズ・ワールドのセックス・マシーンがミソッパと歌うシュールさよ。ポリコレ様には、もう許してもらいたい……でも、許さないいんだろう。先輩は、古き良き（性的な）ソウルミュージックの歌詞がキャンセルカルチャーとして処理されるのを真底恐れているのだ。

「もう……ほんと、ファックだわ……ファック　ＰＣ」

——キャンセルカルチャー。著名人をはじめとした特定の対象の発言や行動をＳＮＳなどで糾弾し、不買運動を起こしたり放送中の番組を中止させたりすることで、その対象を社会から排除しようとする動きのこと。

調べたら、こうあった。人種差別的な発言や同性愛者に対する偏見、何らかの不正、ハラスメントの発覚時に起こることが多い。いわゆる「コールアウトカルチャー」ってやつ。あんたはもういらん！（you are cancelled）と言われて、退場を命じられる。昔のドナルド・トランプではないけれど、おまえは、クビ！（you are fired）ってのと同じのようだ。言われたその人は、人生からクビになるということ。

「私くらいの年齢（とし）の作家は、ある種の差別に関して無防備だったりすると、コールアウトの危機が突然やって来たりしたものなの。冷汗かきっぱなしだった。でも、大昔に死んだ作家の墓を暴くようなことはなかった。〈不適切な言葉がありますが、執筆時の時代背景を考慮して、差別的意図はないものと見なし……〉というただし書きを付けて、原本のまま残したのよ。それなのに、今は違う。過去に書いたり言ったりしたことに、現在のおまえが責任を取れって責められるのよ……あらゆる方向に気を使っていないと、物書きとして生きて行けない……特に、私のようなソウルミュージック・ラバーは……」
やはり、そっちですか。でも、すごくよく解る。今の風潮に対する先輩のもやもやした気持。だけど、と英々は、こうも思う。彼女の敬愛する歌手のアラニス・モリセットは、ティーンの時に受けたハラスメントや摂食障害について語った時に、こう怒りを込めて訴えた。〈何で今頃って皆言うけど、私たちは三十年待ってた訳じゃない。誰も耳を傾けてくれなかっただけなのよ〉
ようやく語り出せた当事者の言葉は重い。共感するし、同情もする。想像力を使って、彼女のために胸を痛めることも出来る。自分だって、女であるという理由だけで嫌な目にあった経験は数知れない。
一方で、英々は、声を上げる当事者に便乗する者たちの図々しさも垣間見てしまう。そういう時、使われるのは「寄り添う」という言葉。これまた彼女の嫌いな「絆」同様、耳当たりが良い。それらを口にする当事者以外の人間の昂揚した顔がどうにもこうにも我慢が出来ない。正義の味方、ここにあり！ そいつらって……ファック!!

先輩が、我が意を得たりと言わんばかりに、にぃっと笑った。心の中で悪態をついたつもりが、つい、声になってしまったらしい。

「すいません」

「いいのよ！　『ファック』は素晴らしい言葉なの。それだけで使えば、人種、宗教、性別などへの偏見とは関わりのない中立的な罵倒語よ。これこそが真のポリコレ用語なのよ！　もしも、すっごく腹が立ったら、相手に対して、ただファック！　と言えばいい。万感の思いのこもった差別だなんて悟られない差別表現で、その人を軽蔑出来るのよ。ファック、ばんざーい!!」

「……まさか、ファックに万能感を持てるとは思いませんでした」

「私のアイドルは、セックスシンボルとして一世を風靡したソウルシンガーのテディ・ペンダーグラスという人なの。彼のステージには、女性観客のパンティが一斉に飛んで来て山になる、と言われていたくらいにすごい人気だったのね。でも、ある時、ロールスロイスを運転していて大事故に遭い、下半身不随になってしまった」

「……え？　ショックですね」

「そう。でも、多くの女性ファンにとって、車椅子生活を余儀なくされた彼の不自由よりショックだったのは、事故の時に助手席に乗っていたのが、恋人らしい美青年だったってことなのよ！」

「へー。でも、仮に男を愛したとしても良いじゃないですか。そこに文句付けたら、それこそ偏見ですよ」

「そう。だけど、テディの歌って来た『ベイビー』という呼びかけは男に対してだったのかも！　そう思うと口惜しくて……思わず、この×××野郎という言葉が口をついて出てしまいそうになった。自分の中には絶対に差別感情なんかない、と信じていたけど、少なくとも差別用語は潜んでいたんだ、と衝撃を受けた瞬間だった。でも、それを吹き飛ばすかのように、ファン同士で、ファーック!!　と絶叫したのよ」

「……確かに、性差別はしないですみましたね……」

「でしょ？　性差別主義者にならずにすんだのは、ファックという四文字言葉のおかげ。以来、私は、この言葉の使い方に重きを置いて来たの。ファックは解放の発露よ。英々も使ってごらん。便利この上なし！」

「はーい。精進しまーす」

「ふふ。どんなに破廉恥な言葉でも、観察と研究には意義がある、とシェイクスピアも言ってるわ」

「へー」

この後、英々は先輩に、まるで講義を受けるかのように「ファックに関する考察」を聞かされることとなった。なるほどねえ、激しいセックスの時に使われるばかりではないのか……勉強になります。これからは、危ない言葉を使いそうになったら、とりあえず、ファック！　と言って、あふれそうになったＰＣ的にまずい言い回しをせき止めることにしようっと。

「でも、それって怠けてるんじゃないですか？」

すかさず後輩は異議を申し立てるのである。

「そうかなあ」

「そうですよ！　臭いものすべてにファックで蓋をしてしまうなんて安易過ぎます。そのファックが、どのような成分で出来上がっているのかをしっかりと検証するのが私たち作家の仕事じゃないんですか？」

……成分て……私たち、薬剤師？　化学者？　それを聞いて、その場にいた全員がおもしろがる。親しい仲間たちの集まりでのことだ。

そうなんだけどさー、と年下に言い寄られて、英々も先輩もたじたじとなる。

「ちょっとした言葉が使えなくなっちゃって、苛々するじゃないの。男勝りも女だてらも駄目、雄々しいも女々しいもアウト。全方位にフェアな目配りをしなくてはならない。もう、全部まとめて、ファーック！　とすませちゃいたくなるじゃないの」

先輩のぼやきに、英々は頷く。

「性差別だけじゃないですよ。今、あの昔話の『桃太郎』が引き連れて鬼退治に行くのは、家来じゃなくて、お友達なんですと」

「ええ!?　家来、駄目なの？」

「そそるのにねー」

「ぼくは奴隷がいい！　自分だけの恋の奴隷……はっ、あの歌も放送禁止歌に!?」

青ざめる魔里夫に後輩は尋ねる。

「そんな歌があったんですか？　マジですか？」

「奥村チヨだよ！　知らないのー？　タブレット純ちゃんネル観なさいよっ」

二人のやり取りを横目で見ながら、英々は先輩に、きっぱりと宣言した。

「私、奴隷制度の『奴隷』と恋の奴隷の『奴隷』が全然別ものだってことを、一生かけて実証して行く所存です」

先輩は溜息をついた。

「あーあ、面倒臭い。差別語を使わない差別主義者だって山ほどいるのにねえ。まったくもって、ファックだわあ」

と、そこに、リリーが駆け込んで来た。目のまわりに青い痣と切り傷を作っている。どうしたの!?　と皆駆け寄って訳を尋ねる。

「あたしのファック・バディとファックしてたら、もう他の相手とファックしないで、アブソーファッキンールートリー!!　なんてファックなことを言うからさ、さっさとファック・アウトしようとしたら、脱ぎ捨ててあったファック・ミー・シューズで、こっちの顔を殴りやがった……ファック！」

……父親がアメリカ人のせいか、リリーの話には、たびたび横文字が混じるのだが、今の報告はファックだらけで意味が解らない。通訳を！　と先輩の顔を見た。

「えーっと……ファック・バディのバディは体じゃなくて、仲間のこと。つまりセックス・フレンドの意味ね。ファック・ミー・シューズというのは、昔のウーマンリブの言い回しで、セクシーなハイヒールを指すの……それにしても、リリー、あなたのファックの使い方、すごい……レニー・ブルース（毒舌コメディアン）か、ニクソンかジョンソン（悪名高き元アメリカ大統領たち）か、ＩＣＥ－Ｔ（元祖ギャングスタ・ラッパー）のようだわ。ファックの使い勝手の良さを心得ている……」

それを聞いた途端、正子が笑い出した。

「ファック（ＦＵＣＫ）は、愛と凌辱のための四文字言葉ね。ＬＯＶＥとおんなじ」

あ、それ、と、英々も愉快な気持になって、ひとりごちた。今となってはノーベル文学賞受賞者のボブ・ディランも同じようなこと言ってたよ。

参考資料　スティーヴ・アンダーソン監督作品「ＦＵＣＫ」

ブッディスト・ディライト

ニューヨークのチャイニーズレストランで、渡されるメニューの野菜料理の項に目をやると、一番最初に飛び込んで来るのが、これ、ブッディスト・ディライト。仏教徒の楽しみと名付けられたひと皿は、料理とは呼べないくらいのシンプルさ。食べやすい大きさに切った野菜を蒸籠（せいろ）でスチームしただけのもの。それを別添の醤油ベースのたれに浸して食べる。可もなく不可もない味ではあるが、ブロッコリーや人参やコーンコブなどの明るい色合いが気分を少しだけ前向きにする。たとえ窓の外が、真冬のビル風の吹きすさぶ容赦ない寒さであっても。昼食に、この立ちのぼる湯気に当たりさえすれば大丈夫、と自身に言い聞かせた。だって、私も、宗教は？　と尋ねられれば一応、仏教徒と答える身の上。慎ましさの鍛錬には余念がない。散財とは無縁の長期旅行者故、はからずも、だが。

　三十年ほど前、私がまだ小娘だった八〇年代のなかば、ニューヨークシティは、今とは比べるべくもない混沌の中にあった。その前の時代が切り開いた前衛と、そこからさらに新しいものを生み出すエナジーは、激し過ぎるあまりにあちこちでぶつかり合い、素晴しい化学反応を起こすかと思えば、互いの恥部をさらけ出すこととともなった。そこら中で巨額の金が動いて、人々を富の側に押し上げる一方で、救いようのない貧困に突き落とした。ストレッチリムジンが何台も横付けされたナイトクラブの脇では、恵んでもらう小銭用の紙コップを鳴らしながら、ホームレスたちが列をなしていた。

リムジンの客になるか、お情けの小銭で飢えをしのぐ側になるかは、まったく予想がつかなかった。運命を変えてしまう偶然がいきなり姿を現わす街なのだ。私は、そのいくつかの例を見聞きして、道をうろつきながらいつも夢想した。ここに滞在していれば、いつか私も、とんでもない幸運にぶち当たるかもしれない。しかし、それと同時に、そんな事態など到底望むべくもないのを、うすうす感じてもいた。東京で何ひとつまともにやり通せなかった人間が、どこに場所を移そうと、どうにもならないのに決まっている。そこに思いが至ると涙が滲んで来るのが常だったがこらえた。まだ、自分自身に期待している。それを日々確認することで、私は、希望の火を絶やさないでいられたのだった。

私は、小説を書かない小説家だとうそぶいて日々を過ごしていた。そういった話を聞いてくれる人は何人もいた。ダウンタウンのバーやクラブに行けば、そこは、絵を描かない画家や歌を歌わない歌手や演技を否定する俳優などがいつもたむろしていたから、話し相手には事欠かなかった。そこでは、他人に対して懐疑的にならないのが暗黙のルールだった。誰も人の才能のなさに言及したりはしない。ただし成功者は遠慮なく糾弾する。何故なら、成功者たちに、こちらの与太話を聞かれる心配などなかったから。当時、芸術の成功とは巨額の富をもたらすもので、一夜にして大金を手にしたアーティストは、私たちのたむろするような安酒場から、さっさと足を洗うのだった。まるで低レベルの嫉妬から自身の才能を汚すのを避けるかのように。そこに集う人々は、本当は嫉妬などしちゃいなかったのだ。ただ時代に選ばれない自分の腑甲斐なさを正当化したかっただけ。

数年後に、カルチュアシーンの大きな転換期の来ることを、誰もまだ予期していなかった。アンディ・ウォーホルはまだ健在だったし、後に伝説のクラブと呼ばれる「パラダイス・ガラージ」では、まだエイズ感染やドラッグ中毒で体を痛めつけ、果ては心臓疾患で命を落とす前のラリー・レヴァンが唯一無二のDJぶりを披露していた。ジャン＝ミッシェル・バスキアだって、キース・ヘリングだって生きていたのだ。

そんな時代を彩る人々の活躍を間近に見て、うだつの上がらない芸術家志望の連中が興奮しない訳がない。誰もが一家言持っていて、実のない話に夢中になった。そして、ふっと我に返って、仕事に向かったり、家路についたりする。つまり、リアリティの中に戻って行くのだ。

私は旅行者だったから、そのリアリティ自体を持てなかった。日本で必死に作った貯えを少しずつ滞在費として使いながら切り詰めた生活をしていた。ベッドと机しかないハドソン河沿いの安ホテルは、男娼の連れ込み宿の様相を呈していたが、惨めとは思わなかった。だって、シャワーもトイレットも付いている。そして、窓枠の作る額縁の中には、いつも異国の空がある。ながめるたびに色は変わる。私の心の動きが常に反映される窓ガラスの絵。冬の空が、自分でも気付かない眠っていた感情について教えてくれた。それは、大事にしたいと願う側から、消えて行く類のはかないもの。私の内側には、数多くの心象風景が丁寧にファイルされているというのに、まだそこに確固たる言葉というものが与えられずにいるのだった。

本当は、小説を書かない小説家でなんかいたくはなかった。でも、そのことに深刻さを与えるのが、まるで敗北のように思えたのだ。同じように行きずりの仲間たちも考えていた筈だ。いや、そう思い込みたがっていた。実のところ、何も始めないことこそが敗北であると、誰もが勘付いていたというのに。

から騒ぎに疲れると、私は外を歩いた。気ままに散歩するには寒過ぎるので、段々とはや歩きになる。その速度は増すばかりで、いつのまにか旅行者らしからぬ歩き方を体得して周囲に同化する。でも、私は、決してニューヨーカーではない。

暇にまかせて、マンハッタンの上から下まで歩いてみようと試みて挫折したこともあったが、足は次第にチャイナタウンにばかり向かうようになった。アジア的なものが恋しくなったという訳ではなかったが、何故か気持が落ち着くのだ。私が、この地で到底手に入れることの出来ない地に足を着けた強固なものを感じて安心するのだった。お裾分けに与っている気分になった。何のお裾分けかは解(わか)らない。しいて言えば、それこそ、リアリティというようなものか。市場の店先などで飛びかう中国語の強い響きに守られているような気さえした。理解なんか出来ないくせに。

　最初、若い女ひとりで入りにくそうな店ばかりが並んでいるせいで、空腹を感じても我慢してソーホーあたりのカフェまで歩いて食事を取っていたが、ある日、意を決して、ランチタイムをとうに過ぎた時刻に、その店の扉を押した。それが、ブライアン・チャウとの出会いの瞬間だった。

　ヤムヤム・キッチンを選んだのは、そこが、周辺では唯一、仰々しい店構えでなく、覚えやすい英語の店名だったからだが、足を踏み入れた瞬間に少しだけ後悔した。奥のテーブルにいかにもチャイナタウンのちんぴらといった格好の少年たちが数人いて、一斉に胡散臭気(うさんくさげ)な顔をこちらに向けたからだ。パンクファッションのつもりなのか、誰もが染めた髪を逆立てて、ジッパー付きの破れた革ジャケットに身を包んでいる。その中のひとりが、中国語で厨房の奥に声をかけた。すると、彼らよりはいくつか年上に見える青年が出て来て、ひるんだ様子で立ち尽くしている私に笑いかけた。後にヤムヤム・キッチンの後継ぎと知るブライアンである。その穏やかに目尻に流れる微笑みを見た瞬間、私は、ようやく恋心に似たものを感じた。彼にではない。この街に対して、そう思えたのだ。抱き止めてもらえた気がしていた。つまり、居場所を与えられたのだ。

挨拶と注文以外のことでブライアンと口を利いたのは、何度か通って、店の片隅のちんぴらたちにも慣れた頃。もうすっかり臆することもなくなっていた。彼らも、ただの常連客にするように、興味なさ気に私を一瞥し、すぐさま内輪の話に戻るのだった。一度だけ、離れたところから、どこの国の出身かと聞かれたが、日本の東京と答えたら、全員で小さく肩をすくめて、私への関心はそれきりとなった。日本なんて、はるかかなたの国に思えたんだよ、とは、ずい分後になって、ブライアンが言った言葉だ。彼らにとっては、中国本土だって遠いところなんだから、と。アメリカにある中国。それだけが彼らの安心出来るホームタウンだと言う。

毎回、ブッディスト・ディライトを頼む私に、菜食主義か、とブライアンが尋ねた。それが始まりだった。私は、曖昧に首を振った。確かに野菜は好きだったが、本当は何でも食べる。ただ仲間内では、菜食がはやりだっただけだ。ダウンタウンのある種の場所では、そういうことに合わせる気概が重要なのだ。

私が、菜食主義と決めた訳ではないけど、と口ごもると、ブライアンは、さもおかしそうに、仏教徒なんだよね、とたたみ掛けるように聞く。そして、またもや私が、仏教徒って訳じゃないけど、とあやふやな物言いをした途端、とうとう噴き出した。そして、店の人間にあるまじき距離まで、自分の顔を私のそれに近付けて囁いた。ねえ、それじゃあ、きみは、何？

馬鹿にされた、と思った。もう、こんな店に来ないと決意した。そりゃあ、あなたたちは、異国の地にしっかりと根を下ろしているかもしれないけど、水面に浮かんで漂うだけの私をからかうことはない。

そう唇を嚙み締めた筈だった。それなのに何故だろう、私は、その数日後に再びヤムヤム・キッチンを訪れ、当り前のようにブッディスト・ディライトを食べたのである。その間中、蒸籠から立ちのぼる湯気の向こうにブライアンの顔があった。無視する私に今度は、こんな嫌味を言う。

知ってる？　ヒトラーは、厳格な菜食主義だったらしいよ。そして、自分の愛犬の死を嘆き悲しめる感情を秘めながら、ユダヤ人の大量殺戮をやってのけた。

何が言いたいのか、と上目づかいで見る私の口に橙色のパプリカを押し込んで、ブライアンは提案する。ねえ、来週、年の初めを一緒に過ごさない？　この辺、一帯がものすごくにぎやかになるの、まだ見たことないでしょう？

ブライアンの言う年の初めとは、春節と呼ばれる中国の旧正月のことだ。毎年二月の初め頃にあたり、チャイナタウンは盛大に祝う人々であふれ返るという。彼は、待ち遠しいその日について、あれこれと説明しながらいつのまにか、私の手を取り、甲に口を付けた。隅のテーブルから囃し立てるような声が聞こえ、彼は笑って、そちらを見てたしなめた。

私は、その間じゅう、彼の口許を見詰めていた。尖り気味の犬歯の、きらりと光る様が、この上もなく性的だと感じて、私は、改めて中国式に新しい年を迎えることに決めた。

当日、私たちは、大急ぎで新年を共に迎えるに相応しい間柄になるべく、歩いては、カフェや安いバーに立ち寄り、そして、また歩き……というようなことをくり返し、互いのこれまでについて語り尽くそうとした。話すことはいくらでもあり、二人共、呆れてしまう程だった。

話し相手を変えれば、自分のつたない半生からも、こんなにも言葉を紡ぎ出せるのだと発見して、喜びのあまり叫び出しそうになった。そんな私を見て、ブライアンも興奮していた。新しいブッディスト・ディライトを見つけに行こう！　酔いの回った声で彼は言った。その提案に従って、私は、ただ、彼に手を引かれるままになる。

チャイナタウンに入ると、人々が支える巨大な龍が宙を舞っている。あたりは立て続けに鳴る爆竹の音でほとんど何も聞こえない。互いに口付け、口付けられながら進む私たちの足許には、爆竹のくずが降り注ぎ、いつのまにかキャナルストリートは真紅に染まっている。

私の愛するブッタイ

ずい分と前から、その老人の話は耳にしていた。某ターミナル駅の改札付近で、人形を抱いたまま子守歌を歌う年老いた男のことだ。

足早に通り過ぎようとして、その老人が目のはしに映った時、孫の面倒を押し付けられて気の毒な、と私の友人は思ったそうだ。しかし、直後に何やら違和感を覚えて振り返ってぎょっとした。ちょうど向きを変えた彼の腕の中にいるのが人形だと解ったのだ。それも、明らかに手作りだと見て取れる不気味な体のバランス。顔にはマジックで目鼻が描いてあったという。

「顔だけが異様に大きいの。バレーボールか何かに布を被せたんじゃないかな。胴体はきらきらした布でくるんであった。それをさも大事そうに抱いて、歌に合わせて揺らしてんのよ。あんまりびっくりして、私、飛び上がりそうになっちゃった」

やはり同じ老人らしき人物に遭遇したもうひとりの友人は言った。

「周囲の人たちは、皆、いちように驚くのよ。想定していない情景が突然現われたことでね。でも、その後、どうにも気まずいものを見てしまったって感じで、目をそらせて立ち去るのよ」

また、別の人は、こんなふうに同情した。

「うん。おれも見たことある。歌も歌ってたよ。ねんねんころ〜りよ〜おこ〜ろりよ〜って。思うに、さ、溺愛していた孫を不慮の事故か何かで亡くしちゃったんじゃない。で、それを受け入れられなくて、孫に見立てた人形をあやし続けてる」

ふうん、と思った私は気になって尋ねてみる。

「でもさ、なんで、駅で、なの？」

「うーん。あ、こうじゃない？　その孫の母親だか父親？　つまり、おじいさんの娘か息子がその駅を使っていた。そして、彼らが帰って来て、あの場で孫を引き渡す。そんな毎日だったんじゃない？」

「子供の親、そのおじいさんが、そんなふうになっちゃってること知らないのかなあ」

「一家離散しちゃったのかもな。はーっ、人生は無情だねえ」

それぞれ身勝手な調子で、老人の事情を憶測しているのだった。誰にも本当のことは解らない。したり顔で語る人たちも解りたいなどとは思っていないだろう。奇行を目撃した後の興味本位の段階で止めて置かなくてはならない。その先の深淵に分け入ろうとすれば、きっと禍禍（まがまが）しいものに突き当たるに違いない。そんなふうに予感しているのだろう。

私も同じように思うものの、自分だけが、その老人を見かけたことがないのが癪に障る。話を聞けば聞くほど気になって、もっと聞きたくなり友人たちに呆れられる。いつしかイメージはどんどん膨らみ、仕舞いには、老人が私の頭の中に、ちゃっかり間借りしているような気分になって、困惑してしまう。

私の脳内では、まだ見ぬ、けれども確実に存在する老人が手作りの人形を抱いて、あやしながら子守歌を歌い続けているのだ。会いたい、と思った。怖いもの見たさというのもあるけれども、会って、話しかけて、何が彼をそうさせているのかを尋ねてみたい。本当にあなたは、大切にしていた小さな子供を亡くしてしまったのですか、と。

それは、孫なのか。もしかしたら、遠い昔に死なせてしまった子供かもしれない。気が遠くなるほどの長い年月、決して解けることのない呪縛が人形へと姿を変えたのではないか。彼には、それが自らによる手作りだという認識はない。いつのまにか自分の許に戻って来た小さき者、と自然に受け止めている……。

そんなふうに、しばらくの間、憑かれたようにその老人について考えていた私だが、やがて、日々の慌ただしさに追われて、いつのまにか思い出すこともなくなった。

老人の存在が私の脳裏に甦ったのは、離婚して、ひとりで育てていた息子の孝生が、私の不注意で命を落とした直後のことである。まだ三歳だった。

私は疲れていた。シングルマザーと言えば聞こえが良いが、まったく余裕のない母子家庭。仕事帰りに保育園に寄って、孝生を連れて疲れ切って家に着く。やるべきことが山程待っていて、腰を降ろしてひと息つく暇もない。夕食を作り食べさせた後、風呂に入れて寝かしつけ、それから洗濯をして食器洗いなどの片付けもの。

　時折、下の階の住人に、洗濯機の音が響くんで、もう少し早い時間にしてもらえませんか、などと言われる。まだ九時前なのに。せっかく作った夕ごはんを子供は食べようとしない。昨日、大好きと喜んだグラタンを今日は大嫌いだと泣きわめく。こんなに小さいのに残り物だと解るのか。なだめすかしている内に、もうどうでも良くなって来る。この時点で既に泥のように疲れているのだが、こまごまとした「名もなき家事」と呼ぶらしい雑事をこなして行った。そして、パソコンに向かって家計簿をつけようとする。

　予想していたことだが、その月の生活費がまるで足りないのに改めて気付いて、絶望的な気分になる。別れた夫からの仕送りが滞っているせいだ。絶対にわざとだと思う。子の親権を奪われた仕返しのつもりなのだ。ほら、だから、仕事なんか止めて子育てに専念してりゃ良かったのに。そうしていたら、家庭は円満のままで、すべては上手く行っていた。彼の、そんな声が聞こえて来るようだ。

　私は疲れていた。それは本当だ。そして、生活に翻弄され喘いでいた。たったひとりで、子供の面倒を見ながら生きて行くのは、果てしなく息切れが続くようなものだ、と痛感していた。せめて、ベビーシッターを雇えるような立場だったら、と成功した女性たちを羨んだ。そして、惨めな気持にもなった。

テレビでは、フェミニスト気取りのコメンテーターが女の権利や職業選択について、とうとうと語っている。能力を生かすための効率の良い仕事を得るにはどうしたら良いか、だって。スマートに無駄をはぶくための方法も教えてくれようとする。でも、この人たちは何も知らない。デスクの前に座ったままで完了する仕事がすべてだと思っているんだもの。きっと、彼女たちは、ごみは外に出しさえすれば、ドローンか何かが持ち去ってくれると信じて疑わないのだろう。生活をするには、泥臭い手間隙（てまひま）がいちいちかかるものだ。仕事だっておんなじ。金銭的にまったく余裕のない子持のひとり身の女ならなおのこと。優雅なあんたたちには解るものか。

そんなふうに恨みがましい気持を抱く時、不意に自分の息子を疎ましく感じてしまうこともあった。ぐずって手が付けられなくなってしまう彼に困り果てながら、ほんの一瞬、産まなきゃ良かった、と思ってしまったことは否定しない。何の制限もない自由を満喫したいと切望したことだってあった。思う存分仕事をして、自分の可能性を試してみたかった。そうすれば、私だって、あのテレビの画面の中で知ったふうな口を利く女を、忌々しさと共にののしる必要もなかった。ゆとりある心の広い優しい女でいられた。そんな詮ない気持を持て余す日々。子供をないがしろにするのはたびたびだった。

でも、それは、愛していないというのとは違う。この子が、もしもいなくなってしまったら、と想像するだけで胸が苦しくなる。産まなきゃ良かったなんて、一度でも思ってしまったのを激しく後悔した。好きとか嫌いとか、そんな次元の問題ではないのだ。抱き締めると体温を伝えて来る存在。その体温がそのまま私のぬくもりになる。いくたび凍えそうな夜に救われたことだろう。そのたびに、私は、ごめんね、と呟く。ごめんね、ごめんね、大好きなタカちゃんに意地悪をしてごめんね、と言う。何度もくり返している内に、自分の言葉によって感情を昂ぶらせてしまい、泣いてしまう。まるで、ものすごく感動的な映画を観た時のようだ。私、全然、悪くない、と心からほっとする。純粋に我が子を愛する普通のおかあさんなんだ。

それなのに、私は、しくじっちゃった。普通の優しいおかあさんなら我慢出来ることが出来なかった。

炬燵でごはんを食べていた時だった。孝生は、もう自分で自由に料理を口に運びたがり、時々、遊びながらも上手に子供用のスプーンやフォークを操った。沢山食べると私が誉めるので、一所懸命食べ物を頰張り得意気な表情を浮かべる。自分をいっぱしだと思っている幼な子が可愛くて仕方ない。

「タカちゃんのほっぺ、リスさんみたいになってるよ」

リスさんという私の言葉で、孝生はお気に入りの絵本を思い出したらしく、それを取りに行こうとしたのか立ち上がった。

「あー、駄目駄目。リスさんの御本は食べてからね」

「やだ。リスさんの本、読んで」

「ごはんの後でね」

抱き上げた孝生を、もう一度、ベビー用の座椅子に座り直させ、スープボウルを引き寄せた。

「はい、このおみおつけを全部飲んだら、御馳走さま出来るよ」

「やだ！　リスさん、見る！」

ごはんのたびのこの種の不毛な戦いは毎度のことだ。やれやれ、と思いながらも、スプーンですくった味噌汁を孝生の口許に持っていく。

「いらないったら、いらないいらないもん！」

孝生は、私の手を振り払い、その拍子にスプーンがカーペットの上に落ちた。もう！と舌打ちしながらそれを拾う私の隙を見計らって彼は立ち上がり、その場から逃げ出そうとした。そして、今度はスープボウルを引っくり返して炬燵布団をだいなしにしてしまう。

「タカちゃん！」

私の呼びかけを無視して、彼は小走りになった。そして、絵本のある棚の方に向かいながら叫んだ。

「パパがくれたリスさんの御本、見るもん！　ごはん、いらない」

いつもと同じ食卓の他愛ない攻防だった筈だ。それなのに何故だろう。孝生を引き戻そうとする私の手にいつもよりも力がこもった。彼のセーターの襟首をつかんだ瞬間、時が止まった。

我に返ると、炬燵の脇に孝生が倒れていた。天板の角にひどく頭をぶつけたらしく出血していた。

どのくらいの時間が経ったのかは解らない。子供の名前を呼びながら、その体を揺さぶった時には遅かった。死んでいた。ほんの数メートル離れた本棚にあった「リスさんと子リスのぼうけん」をもう一度開くことも叶わぬまま、私の子は死んでしまった。

その瞬間から、呆然としたまま時を過ごした。のたうち回ることも足搔くこともしなかった。もう遅い。何をどう後悔しても、孝生が戻らないのだけは解った。

あの子の父親が贈った絵本は、家族の団欒の置き土産だった。親とはぐれてひとりぼっちになった子リスを連れて、リスさんは旅に出る。さまざまな出会いや別れをくり返して二匹が辿り着いたのは天国だったという物語。そこには、子リスのおとうさんとおかあさんがいる。でも、生きている子リスは神様に、まだ早いと言われて天国から追い出されてしまう。

その場面になると、孝生は、不安に駆られるらしく、涙を溜めた目で私に訴えるのだった。子リスは、もう、おとうさんリスとおかあさんリスに会えないの？　と。私は、そのいじらしさにたまらなくなり、彼を抱き締めるのが常だった。やがて、天国でおとうさんたちに話して聞かせてやるために、これから一緒に、うんと楽しい思い出を作ろう、とリスさんが提案して、話は終わるのだが。

　タカちゃんが先に天国に着いちゃってどうするの？　そっちで話をする人もいない。そもそも語るべき物語もまだ持たないというのに、逝っちゃった。許せない。何が許せないのか。死への旅を急かした私自身が、だ。

　孝生を死なせてみて初めて解った。愛とは、心の問題じゃない。崇高に語られる類のものでもない。もっと、ずっと卑近なこと。それを渇望するのは触れたいのに肝心の「ブツ」がない状態に陥った時。

「ブツ」なんて、まるで薬物中毒者が薬について話すような物言いだが、私にとっては、まさに、それ。切れた場合に摂取しなくては禁断症状でどうにもならなくなる、愛とは、そんな「ブッタイ」。

　あの人は死んでいません。私の心の中にずっと生きていますから、と配偶者を亡くしたばかりの女性有名人の言葉を雑誌で目にしたことがある。その毅然とした態度に感動して、なんて凛凛しいのだろうと憧れた。自分を持っているとはこういう人を言うのだろう、と。

　でも、今は、こう思う。それ、死んだのが自分の子でも同じ？　そう言う？　違うでしょう？　心の中で生きてくれたって、直に触れないんだよ？　頬ずりも出来ない。抱き締めてもやれない。確かに、想像力を駆使すれば、可能かもしれない。でも、こちらの触覚に反応を返してくれる訳じゃない。「ブツ」が返礼として愛の至福を与えてくれるんじゃないか。与えて、与えられるのくり返し。大事なもの同士の呼応。

私は、それを永遠に失ってしまった。こうなってみて、ようやく解る。子供との生活の中で私の神経を逆立てていたすべてが、実は、いとおしい宝物だった。私は、少しだけ時間が過ぎるのを待てば良かったのだ。そうしたら、子の成長と共に、ままならない事柄がひとつふたつと良き思い出に反転して行くのを知ることが出来たのに。

抱きたい。抱き付かれたい。そんな母親の世にもシンプルな欲望に応えるのは子供の義務の筈だ。それも果さずに召されてしまうなんて。天国の入り口で、私の子リスは、きっと途方に暮れていることだろう。

時間を戻したいと切望した。今の私なら、聞き分けのない子供に愛を込めたたしなめ方が解る。泣きわめくほどに元気な孝生を見て、神に感謝すら出来る。

あまりのつらさに、どうにか記憶を失ってしまえないかと考えた。でも、私の脳みそは卑しいくらいに貪欲に孝生との思い出を貪(むさぼ)って飽きることがない。彼の面影を卑しくいつまでもぺろぺろ舐めている。

自ら命を絶つという選択肢も頭に浮かんだ。でも、情けないことに気力が湧かないのだ。自殺には、エネルギーと弾みがいる。

何だか、子リスを黄泉の国に里子に出しているような気がしてならない。ひょっこり帰って来るんじゃないか、という思いを捨て切れない。もう少し待ってみたっていいんじゃないか。

どうにも出来ない心骨を貫くような激痛に悶えながら、自殺するにせよ何にせよ、とにかく回復しなくては、と思った。そうでなくては、自分に罰を与えることすら出来ない。私は、のろのろと起き上がり深い溜息をついた。

その瞬間だった。唐突に、友人たちによる、あの老人の目撃談を思い出したのは。駅の改札付近で手作りの人形を抱いてあやしていたという逸話が甦った。私自身は見たこともないというのに、何人もの人々の語りが交錯し、鮮明な光景が瞼の裏側に広がって行くようだった。

初めて、その老人について聞かされた時、私の胸はざわついた。そして、長い間、彼のイメージは、私に取り付いて離れなかった。誰かが話すたびに、私の耳の奥でもの哀しい子守歌を口ずさむ声が響き、幾人もによるさまざまな描写が、私だけの老人像を作り上げていった。

何故、こんなにも、人形を抱く憐れな老人に固執するのか、その時は解らなかった。でも、今、こんな事態になって、あれは、かなりの確信を伴った予感だったのかもしれないと思う。もしも、自分が同じような目に遭えば、同じことをするのではないか、という予感。同じような目、というのが何を意味するのかを考えたことなどなかったけれども。

　でも、こういうことだったのだ。

　タカちゃん、ママにもう少しだけ時間をちょうだい。

　息子に懇願しながら、私は、三歳児と同じくらいの大きさの人形を作り始めた。布やら綿やら、家じゅうのものを総動員して、魂を吹き込むようなつもりで人の形に整えた。老人がボールのようなものを布でくるんで顔を描いていたというのを思い起こしていたら、何故かちょうど良く、昔、ヨガで使っていたボールが転がっているのが目に入ったので、それを頭に見立てて晒し木綿を被せ、首になるあたりを紐で縛り安定させることにした。

　もちろん、顔も描いた。孝生の顔に似せよう似せようとマジックで慎重に目鼻の線を引いたら、絵本の子リスそっくりになった。まあ、いいか、と、出来上がった人形もどきに、孝生の浴衣を着せたら、完璧な人形になった。

「この浴衣を着て初めての盆踊りに行ったたっけね」

　そう言いながら、立ち上がり、人形を揺らすと、孝生との日々が息を吹き返す。そうそう。あんなこともあったね。こんなこともあったね。ママは幸せだったよ。ママが幸せなら、タカちゃんも幸せなんだよね。そうだよね。

　おじいさん、あなたもあの時、幸せだったんだよね。そうだよね。でも、今の私の方が、何倍も何倍も強く幸せ。孝生を産む時は難産で、痛いなんてもんじゃなかった。でも、おなかを痛めた子、という言葉通り、幸せも痛かった分だけ、うんと沢山もらえる。自分で作った息子の人形は、その証。おじいさん、私は、今、あなたに出来ないことをやってのけたよ。私、自分の子を産み直したよ。

涙を流し続けながら、人形をあやしていたら、自然と子守歌が口をついて出た。天国の入り口にいる孝生のために知っているのをありったけ歌ってみた。


「ねんねんころーりよ、おころーりよー」

「ねむれ、よい子よー」

「おどまぼんぎり、ぼーんぎり、ぼんからさーきゃーおーらんどー」

「ねーむれ、ねーむれ、ははのむねーにー」


子の冥福を祈るとは、こんなにも心安らぐものなのか。

私は、久し振りに平穏を得ていた。なのに、突然、玄関のチャイムが鳴り、それを乱したのである。続いて、ドアを乱暴に叩く音がして、開けられ、人々がなだれ込んで来た。見ると、建物の管理人と警官を含めた男たちが数名いて、その内のひとりは、私の別れた夫だった。

「な……何、してるんだよ」

夫は、タオルで鼻と口を押さえながら私に駆け寄った。後ろで、警官のひとりが吐いているのが見える。

「おまえ、いったい、何してるんだよーっ!!」

苦心の作である人形を取り上げられそうになったので、抱く腕に力を込めた。するとそこにある私のブッタイは、きゅうと泣いて妙なにおいの汁を滴らせた。驚いて、視線を落とすと、本物のタカちゃんがいた。天国にのぼりそこねて腐っていた。

たたみ、たたまれ

まだ十四歳で、しかも普通の子よりもずい分と体の小さな私が、撲殺という手段を使って人をあやめることが出来たのかと、その当時、世間はひどく騒いだようです。ようです、というのは、第三種と呼ばれる医療少年院に長らく収容されていたので、世間の風にさらされることなく、日々、外からの情報と関係のないところで静かに過ごしていたからです。

当時の報道に関することは、後になって聞きました。そして、驚きました。私の体が小さいから撲殺など不可能と考えるなんて。

出来ます。不意打ちすれば良いのです。

たとえば、男が立ち小便をしている時など、成功率は高いのです。連れションなどと言って、四人ほどの悪ガキたちが土手に並んで放尿している場面に出会(でくわ)したことがあります。誰が一番遠くまで飛ばせるか、などとたわけたことを言ってはしゃぐ彼らの背中を見て思ったものです。

今なら、あいつら全員を背後から襲って殺せる。

鉄パイプで殴ったら死に至らしめる確率はかなり高い。大きめの石で後頭部を順ぐりにかち割りにするのもありだ。縄飛び用のロープを引っ掛けて後ろから首を絞めるのもいけるかな。

いや、たぶん、四人順番に殺して行くのは無理かもしれません。ひとりに手をかけている間に、残りの奴らに気付かれて、私の身の方が危くなるに違いない。

やはり、人を殺す時には欲張ってはならないのです。常に無欲な人殺し予備軍であること。

そんな哲学を胸に秘めた私の名は、若村麻理子。まだ自分が人殺し以前の純朴だった頃を、今、思い出しています。両親と兄と私の四人家族で、平凡な幸せに浸り切っていた幼ない日々。

あちらこちらに愛情の欠片が転がっているような家でした。とりわけ、父の周囲は、まったく尽きることのない泉のように愛がたれ流されていました。私は、彼ほど家族に奉仕する人を知りません。とりわけ、母に対しては、召し使いもかくや、と思われるほど律義に仕えていました。

私の両親は、夜は酒も提供する古い喫茶店を経営していました。母の親戚から引き継いだ店で、一時は時代遅れの象徴のようになりつぶれかけましたが、どうにか持ちこたえると、今度は、昭和のたたずまいを残したレトロなカフェーなどと評判になり持ち直したのでした。

あんバタトーストやシベリアがおいしい、とか、豆かんがいけるとか、新鮮に感じた若い人が次々と訪れるようになり、雑誌の街歩き特集などにも載りました。

〈懐かしい味と共に、ゆるやかな時の流れに身をまかせてみる〉

そんな見出しが付いていました。そして、にこやかに笑う店主夫婦の写真が。

すごーい、と誇らしい気分になった私が父を見ると、彼は、本当に嬉しそうにしています。

「麻理子さんのおかげだよ。新しいタイプの店と張り合う必要ないって、力強く言って励ましてくれたでしょう？　あれで、開き直れた」

照れ臭そうに娘に感謝する父。彼は、私を「麻理子さん」と呼びます。そして、決して子供扱いすることなく尊重してくれる。私が知る中で、一番、素敵な紳士。もっともっと親孝行したい。

「だって、ブルーボトルコーヒーとか、そんなのとは別の素晴しさがあるもの。うちのコーヒータイムには。ある種のお客さんは、コーヒーと一緒にノスタルジーも味わってるのよ」

ほお、と父は感に堪えないという表情を浮かべて言うのでした。

「ノスタルジーか……麻理子さんのボキャブラリーの豊富さには恐れ入るよ」

「ボキャ？……」

「ああ、語彙(ごい)のことだよ。言葉の選び方が素晴しいんだ」

「ほんと？　嬉しい！　だいたい近頃、センスの欠片もない言葉がはびこっているんですもの。知ってる？　喫茶店で、夜はお酒も出す店を『キッサカバ』と呼んだりして」

「キッサカバ⁉」

「そうなの。私、そういうの全然趣味に合わない。俊行さんだって同じでしょ？」

私も、二人きりの時は父を名前で呼びます。麻理子さんと呼ばれるのなら、そうするのが自然な気がして。

「うちのお店は、昔からの時の流れに逆らわず、自然に自然に行けば良いと思うの。この間、夜に来たお客さんが、ヴァイオレットフィズ、懐かしいねえって言ってたの、盗み聞きしちゃった。おじいさんだったんだけど、亡くなった奥さんにプロポーズした時、一緒に飲んだんだって。フィズって、古臭いお酒みたいに思ってる人は多いけど、それって、色んな人の歴史を見てきたってことでしょ？」

「おやおや。麻理子さん、お酒に興味を持ち始めちゃったの？　夜は、店の方に来たりしちゃ駄目だよ。酔っ払いが、ちょっかい出して来るかも解(わか)らないからね」

「はーい」

私は舌を出しました。ちょっと大人びた世界に踏み込もうとすると、ものすごく心配する父です。噛んで含めるようにして、私を諭そうとする。でも、大事にされている証なのでしょう。ちょっと、うるさいな、と感じることもありますが、仕方がありません。私は、彼の目に入れても痛くない娘。ねっ、俊行さん。

「まーた、二人でいちゃいちゃして、いい加減、寝てちょうだいよ。パパも早くお風呂入っちゃって！」

客の酒に付き合って、少し酔ったような足取りで二階にある住居に戻って来たかと思うと、母は、私を邪険に追い払いました。

「もーう、なんなのよ。親子がべたべたして気持が悪いったら！」

母の声を背中で聞きながら、私は自室に戻りました。どうせ、風呂掃除だって父にさせるくせにさ、と腹立たしくてなりません。何だって、いつも、あんなにえばっているのでしょう。

母と娘、父と娘。あるいは、両親と娘。親と娘の不仲のパターンは、この三つですが、うちは明らかに母と娘です。私は、心優しい父をこき使う母が大嫌いですし、母もまた、私を忌み嫌っている。

たぶん、何の遠慮もなく、父に助言したりするからでしょう。世間のことを知りもしないくせに、こましゃくれたことを言ってしゃしゃり出て来る、と苛立ってしまうのでしょう。

けれど父は、そんな私を見て、利発な子だなあ、と言わんばかりに目を細めるのです。そこが、母の怒りのツボ。馬鹿みたい。母親が、娘にやきもちをやくなんて。世の中に家の中を暗くする険悪な父と娘がどれほど多いか知っているのでしょうか。我が家のありがたみ、解ってない！

ある家の娘は、父親の下着と自分のを同じ洗濯機で洗って欲しくない、と嫌悪感たっぷりに母親に訴えるそうです。そこにはこれっぽっちの敬意もない。父親の精子が自分をこの世に出現させてくれたのだという真実に思いが及ばない馬鹿娘。大変な困難を乗り越え、数限りない競走相手を蹴落とし、やっとのことで卵子に辿り着いた健気なおたまじゃくしの苦労を想像することも出来ない、このスベタめ、阿婆擦れめ、すれっからしのオカチメンコめ！

それに比べて、我が家で私が父に払う尊敬の気持といったら。海よりも深い、母のような思慕……ラ・メール……揺らしておくれ、私の生きる心を……とシャルル・トレネのシャンソンを歌ってしまいそうになるくらいです。

私と父のそんな慈愛に満ちた魂の交歓も解らない無粋でイモ女の母のことを考えるだけで、わーっと叫び出したい気持になりますが、ま、いっか。あれこれと文句を言ったらキリがない。

店のお客さんが言ってました。若村さんちは、穏やかな市井の幸せに満ちているね、と。市井って言葉が、ちょっとショボくて気になるけれど、それ、本当。何だかんだ言っても、この家は、のどかな空気に満ちている。

全部、父のおかげです。彼が、若村家を整えてくれている。母や兄が平穏を乱しそうになる時、先回りして彼らを導いてくれる。もしも、間に合わずに綻びが露呈してしまったとしても、すぐさま手当てしてくれる。早技です。でも、この早技を習得するために、彼は、どれほどの努力をして来たことか。

まったく、そのことを知らないままで来た母と兄は、ある意味、幸せ者だなあ、と私は、思うのです。でも、それで良いんですよね。いいじゃないの幸せならば……作詞、岩谷時子、作曲、いずみたく、歌、佐良直美……名曲です。すごく古い曲ですが、名曲であることぐらい子供の私にも解ります。つめたい女だと人は云うけれど、いいじゃないの、幸せ、ならば……

鈍感な母と兄は似た者同士で気が合うようです。私と父がタッグを組んでいると思うのか、彼ら二人もこれ見よがしに仲良しぶりをアピールするのです。母は、私と父を見て、ベタベタしちゃって気持悪い、と悪し様に言いますが、こちらからしたら、あの人たちの方が、よほど薄気味悪い。

兄は、いつも母にすり寄って、ママーママーと甘い声を出してこづかいをせびり取って行く。そして、母は、もう和也ちゃんたらあ、とわざとらしく困ったふりをしながら財布を開くのです。高校生にもなった男の頭を撫でてやったりもする。なーんか、母子相姦的なものを感じてしまうのは私だけでしょうか。昔、降旗康男監督作品で、母と息子の禁断の関係を描いた「魔の刻」という映画がありましたが、うちのおっかさんとクソ兄貴は、岩下志麻と坂上忍ではないので、到底、受け入れられないのです。何が和也ちゃーん、だ。

俊行さん、麻理子さん、と呼び合う節度ある私と父を見習って欲しい、などと言っていたら言われました。

「誰だって、その人たちだけの関係性というものを持っているんだ。それは、麻理子さんが一番良く知っているのだと思っていたよ」

父の言葉に頷く私です。そうでした。母に気持悪いだ何だと言われたって、どってことない、と私が聞き流せるのは、父との唯一無二の関係に強い縁を感じているからなのでした。あの母と兄だって、他者の口出し出来ない領域を持って悪い筈はない。

「そうだよ。麻理子さんはすごいねえ。ぼくの言わんとすることをすぐに理解してくれる。家の中のいさかいなんて、誰も幸せにしないさ。皆で、仲良く仲良く。ぼくは、皆そろって、うちの店のように、しっとりと古びて行きたいよ」

「仲良きことは美しきかな、ってことよね？　俊行さん」

「そうそう。だって、人間だもの」

私たちは顔を見合わせて笑い合いました。それは、違う人の言葉よ、と教えてやりたくなりましたが、こらえました。父が、何か思い違いや間違いを犯したとしても、その瞬間、それは真実になると私は確信しています。

父も私に対して、同じふうに感じているふしもある。母が私を咎めたりすると、決まって、いいんだよ、麻理子さんは正しい、と言ってくれるのです。父に肯定されるたびに、またひとつ、この家の幸せは更新され、私は満足感に浸るのでした。

「さて、そろそろ洗濯もんを取り込んでくるか」

「麻理子も手伝うわ！」

いやいや、と手を振り、父は、私を押しとどめました。

「麻理子さんに、そんなことはさせられないよ。足が痛いと言っていたじゃないか」

そう言って、父は、軽やかな足音を立てて、二階の物干し台に向かいました。本当に優しい人です。

しばらくして、乾いたばかりの山のような洗濯物を抱えて父は戻って来ました。

「お陽さまの匂いがするねー」

言って、父は、それらを、一枚一枚、丁寧にたたみ始めました。私は、上手く手伝えないのを理由に、側(そば)でながめているだけです。何か邪魔をしてはいけないような気もして。

父は、背中を丸めて、まるで念仏でも唱えるかのように、こう言いながら作業するのでした。

「たたみー、たたまれー、たたみー、たたまれー」

側には、きちんと縁をそろえてたたまれた衣類やらタオルやらが、どんどん積み重ねられて行くのでした。

私は、家事に集中している父の姿を見るのが楽しみでしたが、とりわけ、洗濯物をたたむ彼の所作が好きでした。まるで、無になって半紙を見下ろす書道の先生のようにも、また、正確に弦をはじく琴の奏者のようにも見えました。澄み切った境地、とたとえたら言い過ぎ？

何だか惚れ惚れとして、我知らず溜息をついてしまうのが常で、その時も同じでした。ところが、突然、襖がガラリと乱暴に開けられ、見ると、兄が立っていました。

「やあ、和也くん、何か？」

父の問いには答えず、兄は吐き捨てるように言ったのです。

「みっともねえ。そんな丸まっちい格好で、ちまちま洗濯もんなんかたたみやがって！ちょっと！」と、私は気色ばみましたが、父は、少しも動じることなく、微笑んだのです。そして、また自分の仕事に戻り、たたみー、たたまれー、とくり返すのでした。

「なんだよ、なんなんだよ、その呪文みてえの。それ聞いてっと、みじめで悲しくなるんだよっ！」

捨て台詞を残すようにして、兄は、走り去りました。乱暴な足取りで階段を降りる音が聞こえました。

「……なんて人なの？」

「放って置いてあげましょう。青春の蹉跌というやつかも解らない」

「青春の蹉跌！　石川達三ね！」

父は、顔を上げて感心したように私を見ました。

「すごいなあ、麻理子さんは。読書家なんだね、なんでも知ってる」

「映画も観たわ。ショーケン可愛かった」

大人ぶった口ぶりの私がおもしろかったのか、父は、くすりと笑いました。良かった。兄の態度をあまり気にしていないみたい。慣れっこになっちゃったのかしら。

蹉跌とは、挫折して行き詰まることだそうですが、兄にそんな高尚な言葉は似合わないと思います。家のそこら中に落ちている、幸せの欠片に気付かずに、むずかっているだけのように見える。それとも、まだ、理子ちゃんのことを根に持っているのかしら。誰のせいでもないのに。

実は、若村家には、もうひとり娘がいたのでした。理子と名付けられた、その末の娘は、しかし、せっかく我が家にやって来たというのに長くは生きられませんでした。原因不明の突然死で、乳幼児には、時々、起り得ることのようでした。

兄は、理子が生まれる前から、母の大きなおなかをさすったり、耳を当ててみたりして楽しみにしていました。

「生まれたら、ぼくが面倒を見るよ。赤ちゃん、ちっちゃくって可愛いだろうなあ。早く生まれて来ないかなあ。待ち切れない！」

そんなふうに言って、まとわり付く兄に、温かな目を向けて母はコロコロと笑い声を立てるのでした。

「やーね、和也ちゃんたら、動物のペットとかとは違うのよ」

思えば、あの頃から、母と兄は妙に強く結び付いていて、私を仲間外れにしているようでした。そして、理子の死による悲しみを共有させてはくれなかった。私だって、心は張り裂けそうだったのに。

身も世もない様子で嘆き悲しむ母と兄を、父は静かに抱擁し続けました。彼だって泣き叫びたい気持だったでしょうに。私は、いても立ってもいられない気持になり、二人を抱く父の背中に覆い被さるようにして慟哭の嵐が過ぎ去るのを待ちました。

四人家族が団子のようになって、悲しみを乗り越えようとした、あの時、若村家は、真の家族だったのだと確信しています。蚊帳の外にいるような私を父の背中がつないでくれた。

「大丈夫だよ。ぼくが、この家を守って行くからね。そのためなら何でもする」

啜り上げながら、そう言う父の声は、私の鼓膜に染み入るものでした。この人を大切にしてあげよう、と決意しました。私は、理子の分まで、愛すべき娘という任務をまっとうする！　そうすれば、死んじゃった子なんてその内思い出さなくなる筈だ。

過ぎ行く日々を「時間薬」とはよく言ったもので、若村家は平穏を取り戻し、もう今では、命日以外に理子の名前を口にすることもほとんどなくなりました。可哀相にも感じられますが、ほんの数週間しかこの世にいなかった子ですもの、思い出が私たちを侵食することはない。

だのに、あの兄と来たら！　母に甘やかされて、すっかりわがままに育ってしまったせいか、たびたび癇癪（かんしゃく）を起こしては、関係もない私に当たるのです。

「代わりにおまえが死ねば良かったんだ！」

何という……理不尽過ぎます。この世に何の爪跡も残さぬ内に死んだ赤ん坊と、この私を比べるとは……家族も、家も、店も、これほど大事に思い気にかけて来た私に死ねば良かったとは……泣けてしまい、どうしようもありませんでした。

そんな私から事の次第を聞いた父は、兄を呼び出して、私の前で謝まらせたのでした。兄は、しばらく依怙地（いこじ）な態度を通していましたが、父が、土下座をするかのように畳に両手をついたので激しく動揺したみたいでした。

「和也、うちでは誰かが誰かの代わりになるなんてことはないんだよ。皆、パパの大事な人たちだ。お願いだ、お願いだから麻理子さんに死ねばいいなんて、金輪際、言わないでくれ。頼む！」

「……解ったよ」

ごめん、もう言わないから、と消え入らんばかりの声で呟くと、兄は、逃げ出すようにして部屋を出て行きました。

「和也、約束してくれるね」

「する」

嘘でした。兄は、それから何度も私に同じ暴言を吐いたのでした。忘れた頃に私を襲う、あの言葉。おまえが死ねば良かったんだ！

でも、もう私は父に言い付けたりはしませんでした。一所懸命に家族を支えようとする父のひたむきさには頭が下がる思いでしたから。悲しませたくない。

この家を守るためなら何でもする。その「何でも」が主に家事全般であるとは予想外でしたが、父は本当によくやっていました。元々、家まわりのことが好きだったというのもあるでしょう。店の接客は、どちらかというと、ぎこちなくて苦手そうだった。時々、派手さはないものの姿の良い彼に色目を使う女の客がいましたが、真底、困ったような表情を浮かべるのでした。

住居から続く階段を下り、扉の隙間から、こっそり覗いていた私は、そんな場面に遭遇すると、自分の使命とばかりに店に出て行って、父と女性客の間に割り込みます。そして、いかにも彼女になついていているというふうを装って話しかけ、父を解放してやるのです。その時の彼の安堵の溜息を、私は聞くことが出来る。私だけが聞くのです。何とも可愛らしい初心な父。

そんな父に比べて、母は、根っから接客業に向いているようでした。元々、この喫茶店を遊び場にして育ったようなものでしたし、彼女には、何か人を惹き付ける天性のものがありました。それは、決して、無垢な可愛らしさや美しさから備わったものではなく、はすっぱな気安さがそうさせる類の……そう、自らの隙をチャームとして見せることに長けていたのです。私の母という人は。

酔客の真ん中で、ほがらかに笑う母は、自分劇場の主役のように見えました。そこにいる男たちは、あけすけな話も出来る気の良いマドンナとして、彼女に敬意を払っていました。私は、誰かがこう言うのを物陰で聞いていました。こんな気さくなマドンナには滅多にお目にかかれねえんだ。誰も手ぇ出すんじゃないぞ、と。そこで、どっと笑いが起きました。母も笑っていました。ばっかじゃないの？　と。

気さくなマドンナね、と私は鼻で笑いました。男は、矛盾した形容詞を持つ女が、いつの時代でも大好き。本や映画や客たちの雑談などから、すっかり耳年増になった私には、そのくらい解るのです。人情味あふれ、お人好しな面をふんだんに見せるくせに、実は、プライドを持って商売をしている。そんな役割を母は上手に演じているのです。家では、父にパンツを洗わせているくせに。

どうも、昔から、母と私の相性は良くないようです。思えば、もの心ついた時からそうでした。あんまり好きじゃない、と感じていました。そして、成長するにつれて、その気持は、どんどん大きくなって行きました。理子が死んでしまった時は、さすがに同情しましたが、その代わり、見苦しいほどに兄を猫っ可愛がりするようになったので、本当に嫌だと思いました。何が気さくなマドンナだ、大っ嫌い！

兄にかまけて、父を放ったらかしにする母に代わって、私が側に付いていてあげるのだ。そう決意して、今に至っている訳です。そして、何となく均衡は保たれているのです。幸福な家族と言えるのではないでしょうか。時折、波風は立ちますが、人間の出来た父が、すべてを鎮めている。で、あれば、私だって協力し、好き嫌いなどぐっとこらえるべきでしょう。

「おい！　テレビの音、でけえんだよ!!」

そう言って、リモコンをこちらに投げる兄の憎々しさも我慢しなくてはなりません。

「お、なんだよっ、もう、ねえじゃん！　何、ひとりで食ってんだよ」

ポテトチップスの空の袋を振りながら、文句を言う兄。あー、憎たらしい。自分が食べたくせに。でも、我慢、我慢。

テレビでは、十四歳の少年による連続殺人事件のニュースを報じています。第三種と呼ばれる医療少年院に送致されたとか。

ポテトチップスの袋のはしから、ざざっと注いだ欠片や粉を、意地汚なく貪りながら、兄は、そのニュースを気に留めたようでした。

「少年法改正になっちゃったからなあ。おれら、安心して人を殺せるのも、あと少しじゃん」

おお、こわ。やりかねないわ、この男なら。そう思って、私は立ち上がり、父の家事でも手伝おうか、と茶の間を出ました。せっかく父が守ろうと心を砕いて来た平穏です。誰かに乱されそうになった時には、やはり、父の許に逃げ込んでしまいたい。

日が傾きかけた時刻。父は、いつものように、取り込んだ洗濯物の山を前にしていることでしょう。たまには麻理子にも手伝わせて、とお願いしてみよう。

そんなふうに思いながら、物干し台から続く部屋の前まで行くと、案の定、あのおまじないをかけるかのような父の声が聞こえて来ました。

「たたみー、たたまれー、

たたみー、たたまれー」

私は、背後から驚かせてやろうと思いつき、そおっと襖をずらして、隙間から中を覗きました。

予想通り、父は、たたんでいました。しかし、何ということでしょう。彼がたたんでいたのは、母の体だったのです。そして、とても規則的な動きで、腰やら膝やらに折り目を付けていたのです。乾いた洗濯物なんかどこにもない。濡れている。びっしょりと濡れている。

目の前が真っ暗になった私は、音を立てずにその場を去り、玄関へと向かいました。そして、部活帰りの兄が置きっ放しにしていた野球用のバットを手にして、再び、父と母がまぐわっている部屋に戻りました。

今度は、気づかうことなく、ぱしりと音を立てて襖を開けました。先ほどとは違い、母が上になっていました。夢中になっている彼女は、私に気付かず、あろうことか父のあの歌うような口振りを真似て、たたみー、と言いながら息を弾ませているではありませんか。

盗まれた！　この泥棒猫め！

私は、バットを振り上げました。私に気付いて絶句していた父が、ようやく声を振り絞りました。

「な、何をするんです……お母さん……」

異変に気付いて、振り返った母も息をのみ、直後に絶叫しました。

「な、何をするんです！　お義母（かあ）さん!!」

何をするのかって？　こうするんですよ、成敗だ、天誅だ、と呟いた後、何度もバットを振り下ろして、二人の脳天をかち割りました。互いの血しぶきを浴びながら、ようやく体を離した男と女は、まるで水をかけられて交尾を中断させられた犬どものように見えました。おお、嫌だ。あさましいったらありゃしない。

呼吸を整えていると、背後で、どすんと音がしたので、見ると、兄が尻餅をついていました。異変を感じて様子を見に来たのでしょう。いつも、こうして、他人事に首を突っ込もうとする卑しい奴。

腰が抜けてしまったのか、あわわわわと言ったきり動けなくなってしまった兄にも、バットを振り下ろしました。

「ばあちゃん、やめて……やめて……」

何度も何度も打ちましたが、なかなか倒れず、仕舞いには、私の両膝に抱き付いて命乞いをするので苛々してしまいました。

生命力が強いのは若い男だからでしょうか。生まれて間もない小さな赤子は、添い寝の際に布団に押し付けただけで、すぐさま呼吸を止めてくれたのに。あの、誕生した瞬間から俊行さんをとりこにした、あどけなくも憎々しい生き物。

とどめを刺すべく強い一撃を加えると、ようやく兄は静かになりました。ほらね、無防備な人々を不意打ちすれば、順ぐりに複数の息の根を止めることが出来るのです。

あたりは、真紅の布を敷き詰めたようになっています。私は、それを丁寧にたたむ。仕上がった三つの洗濯物は、父にならって、洋服箪笥に、きちんと重ねてしまいます。
そんな時、あのいとしい呪文が、私の口をついて出る。

たたみー、たたまれー、
たたみー、たたまれー、

私の何十年ものの人生は、いったいどこにたたみ込まれてしまったのでしょうか。

家畜人ヤプ子

おことわり
「この日記は、あくまで、私個人の趣味嗜好の記録です」

沼正子(ぬましょうこ)のブログ「家畜人ヤプ子」は、毎回この但し書きから始まる。欠かせない一文である。これさえ書き添えて置けば、後でどんなに非難されても開き直れる、と彼女は思っている。えー? これ、私個人の妄想にすぎないんですよ? それなのに、なんで、いちいち文句付けるんですかあ? 心外ですう、と鈍感を装えば良いのである。それでも、公序良俗に反している! けしからん!! と絡んで来る奴らは無視するだけである。
どんな対策を講じても、やはり、あらゆる角度から非難し、目くじらを立てて騒ぐ輩はいる。やれやれと心底うんざりすることもしばしば。それなのに、何故、書きたいのか。そして、読ませてもかまわない、いや、むしろ、読んで欲しいと思うのか。もしも、本当にあれこれ難癖を付けられるのが嫌で仕方ないなら、鍵の掛かるところに自分の行状や心情を綴れば良いのである。

いや、そういう訳には行かないのだよ、と正子は溜息をつく。だって書きたいんだもん、そして、不特定多数の人たちに読ませたいんだもん。これは、もう、いかんともしがたい欲望である。文字になったそばから自分の書いたものを読み返して行く時の快楽といったら、ない。さらに、それを誰かが覗き見てくれれば、なおいっそう良い。自分は書くということに関して露出狂だと認識している。ただし、覗き窓の女を盗み見るかのように、書かれた言葉をわざとうっかり読んで欲しいのである。ジャッジなんかいらない。ましてや「文学」なんてものに寄せられたら迷惑だ。彼女は、そこにある、いやらしい特殊性欲を持つ女の世界を控え目に知らしめたいだけなのである。「一寸の虫にも五分の魂」的な意味あいで、ちょっとだけ主張してみたい。その一寸の虫は、ある種の好事家たちにとって、珍味と成り得るかもしれない。そう思うとゾクゾクする。

沼正子という筆名は、もちろん沼正三からいただいた。あの、戦後最大の奇書と呼ばれる「家畜人ヤプー」の作者である。いまだ正体をはっきりさせることのない覆面作家である。高級官僚の職歴を持つエリートだ、いや、出版社に近い校正者であろう、ほお、複数の人間による共同執筆と聞いたが、などなど、現在も謎に包まれている。故人、らしいが。

〈読み人知らずの歌あれば、書き人知らずの小説があっても然るべきではあるまいか〉

沼の代理人を名乗っていた天野哲夫による一文である。しかし、彼こそが沼本人であるという話もある。いずれにせよ、それらは、追求されようが、されまいが、たいした意味は持たない。何故なら、「家畜人ヤプー」でその存在を知らしめた帝国「イース」は、確実にそこにあるからである。たとえ、それが二千年後の世界だとしても。

正子を始めとする今現在を生きるある種の人々の中にも、ちっぽけとは言え、それなりのイース帝国がある筈だ。とうに滅びたものも、今にも朽ちそうになっているものも、ただ冬眠しているだけのものも、自らの息吹を感じながら姿を現わす準備をしているものも、休むことなく活動し続けて来たものも。それらの帝国は多種多様で、日頃は埋没していても、欲望の湧き上がりと共に姿を見せる。

沼正三の描いたイース帝国は、白人至上主義の世界だ。いや、人間は「白人」しかいないので、白人という呼称すらないのだ。他の人種は、奴隷であり、家畜である。特に日本人は「ヤプー」という最下層の存在。それを当然としているから、何の逡巡もない。しかし、過去の日本人の男が、タイムマシンに乗って、二千年後のイースの階級制度に組み込まれることになったら……。

三島由紀夫、澁澤龍彥らに絶賛されたというこの物語を、沼正子は、大昔の雑誌「奇譚クラブ」の連載で読んだのである。

〈私がその物語を目にしたのは、女友達のミミが働くＳＭクラブの待ち合い室でのことでした。私は、彼女の仕事が終わるのを待っていました。一緒に夜の街にくり出す約束をしていたのです。

ちょうど良い時間に迎えに行った私でしたが、応対してくれた顔馴染みのママさんによると、ミミの指名客が延長を申し出たとのこと。

「一応、三十分の延長だけど、もしかしたら、もっとかかるかも。もう他のお客さん来ないから、待ち合い室で待ってていいわよ」

ママの言葉に甘えて、人のいないプレイルームをいくつか覗いた後、待ち合い室のソファに腰を下ろしました。

プレイルームのおどろおどろしさに比べるとこの部屋は、あまりにも殺風景で、人々の特殊な性的嗜好を匂わせるものなど欠片（かけら）もありません。前に立ち寄った時、ミミが言っていました。

「ここは、現実からＳＭの世界に足を踏み入れる心構えを作る場所。そして、異界から現実に戻って来る場所なの。ま、国境みたいなもんね」

なるほど。ニュートラルなのね。でも、あちらに行く前とあちらから帰って来た時とでは、全然心持ちが違うんでしょうね。

などと思いつつ、スマートフォンをいじりながら時間をつぶしていたのですが、ミミの仕事はなかなか終わらないようです。暇を持て余した私は、壁一面に引かれたカーテンの向こうが本棚になっているのに気付いて、何気なくめくってみたのです。

そこには、もう書店売りの役目を終えたであろうSM雑誌のバックナンバーが並んでいました。SMセレクト、SMファン、SMコレクター……それらのページをぱらぱらとめくりながら、私は、羞恥で体が熱くなるのを感じていました。疼くって、このことなんでしょうか。縛られたり、吊るされたりしている女のグラビアを見ている内に、ざわざわと皮膚に何かが這って行くような気がします。そして、それが決して嫌ではない。

そんなふうに思いながら、S&Mスナイパーを手に取り、ずい分とスタイリッシュな表紙をながめて、中を開いてみました。すると、そこには、他の雑誌とは異なる誌面がありました。それまでの日本的淫靡(いんび)さとは、ずい分印象が違います。アラーキーの呼び名で知られる写真家の荒木経惟のアーティな作品群は、何だかファッション誌を彷彿とさせるものでしたし。

そうしている内に、私は、棚の一番隅に異質な雑誌の一群を見つけるのです。それらは、古くて、アンティークめいた色褪せようでした。かなり昔の印刷物であるのが、背表紙に指を掛けただけで解(わか)ります。引っ張り出して見ると、その薄い雑誌名は、「奇譚クラブ」とありました。そして、出会ってしまったのです。あの、「家畜人ヤプー」なる壮大な叙事詩に。

　私は、夢中になってページをめくりました。既に印刷された文字は掠れ、黄ばんで今にもほろほろと崩れて行きそうな紙の間には、何匹もの紙魚が蠢いていましたが、もうそんなことは、おかまいなしです。時代がかった言葉づかいも何のその、私は、二千年後の帝国、イースに連れて行かれそうになっていたのです。愛する人の「ヤプー」になる期待と恐怖に心をかき乱されながら。

「あっ、ちょっと、ちょっとー、その古い雑誌、触っちゃ駄目！　ゴミに見えるけど、オーナーのお宝本らしいのよ」

　いつのまにか、仕事を終えて着替えたミミが立っていて、私をたしなめるのでした。

「……これ、借りてっちゃ駄目？」

「無理！　昔は常連のお客さんに貸し出してたみたいだけど、見ての通り、化石みたいになっちゃってるでしょ？　それ以上傷まないように門外不出なのよ」

　なーんだ、とひどく落胆した私でしたが、後で調べて、いくつかの出版社から復刻されているのを知りました。思わず、ヤッホー!!　と叫んで、ネット注文してしまったのです。そして、サクサクと、いえ、じっくりと、途中、何度も身悶えしながら読み進めて行きました。

　私が手に入れたのは、幻冬舎という会社から出ている「幻冬舎アウトロー文庫」のものでしたが、敬愛する漫画家の石ノ森章太郎氏が漫画化しているのを知り、それも取り寄せました。他に江川達也氏によるものもあるようです。

漫画化され、やがてネット配信もされるこの物語は、しかし、昭和三十一年もの昔に、特別な性的嗜好を持つ人々のための雑誌で連載が開始されたものなのです。それが、平成、令和と世の中がめまぐるしく変化して来た中、まだ読まれているという不思議。いったい、どういうことなのでしょう。

……などと考えるのは、どっかのインテリにでもまかせて置けば良いのですよね。私は、ただ、私の心と体を熱くする、この帝国物語に身をゆだねただけなのでした。

そして、解ったのは、私の心身を幼ない頃から支配して来た欲望のあり方の正体でした。ええ、世の中では「マゾヒズム」と呼ばれる性欲、性的嗜好のことです。

幼ない頃から、自分を興奮させる原因が他の子らとは違っているのに気付いていました。可愛いアイドルにも凛凛(りり)しいヒーローにもまったくときめかなかったのです。クラスの中心にいる人気者を仰ぎ見ることもありませんでした。

小学校時代に、そういう語彙(ごい)は、まだありませんでしたが、私は「後ろ暗い」感じのするものが好きでした。その身を拘束されてしまった王女さまの嘆く姿、そして、どうにか逃げ出そうとするも叶わず、抵抗を諦めた様子などを想像すると、わくわくして、おしっこを洩らしそうになってしまうのです。

この、想像力と体の反応のつながりは、どういうことなのでしょうか。

ある年の暮れ、祖父母と炬燵に入って、テレビを観ていました。いわゆる「懐メロ」と呼ばれる昔の昭和歌謡の特集番組です。

蜜柑を食べながら、ぼんやり画面を観ていた私は、ある曲の始めのワンフレーズを耳にして、体に電流が走ったように感じたのです。

「あなたが、かんだ、小指が〜痛いー」

ええっ!? 噛まれて痛いのに、なんで、こんなに甘い声で歌ってるの?

祖母に尋ねると、伊東ゆかりという歌手の「小指の想い出」という歌だそう。

はーっ、と私は溜息をつきました。この人、痛さを気持ち良いと受け止めているんだ。なんか、それ、解るような気がする……と、深く頷いた時の私は、まだ十歳かそこらだったと思います。

その時に意識した快楽の芽を摘むことなく、私は、後々、その歌が自分に与えた好ましくも後ろめたい印象について考えてみるのでした。

重要なのは、噛んだのが「あなた」であることではないか、と思いつきました。これが、「あやつ」とかであったなら、ただ痛いだけ。「こやつ」であれば、飼い犬に手を噛まれたのと同じ。「あなた」への敬意あればこそ、痛みは快楽へと変わる。ここが、見知らぬ人や好きでもない人から与えられる苦痛と違うとこ。誰もが、私に苦痛を伴った快楽を味わ

わせてくれる訳ではないのです。〉

この点をしっかりと明記しておかなくてはならないのを、正子は肝に銘じている。不用意に、自分を奪って、私を痛めつけて〜お願い！　などと書いたりしたら、性犯罪をそそのかす最低女とののしられ、抹殺されてしまうだろう。それを恐れての、冒頭に必ず持って来る但し書きなのである。あくまで、私の性的趣味ですよ、と。

正子には、物書きの友人が何人かいるが、その誰もが、PC（ポリティカリー・コレクト、ポリティカル・コレクトネス＝政治的に正しい言い回し）警察を恐れて戦々恐々としているのである。個人も一般論もごちゃまぜにして、誰の目から見ても男と女が平等でなくては駄目ということになったのだ。

「組み敷かれる女は虐待されていることになるから、女性上位の体位にしてみるか、と思うんだけどさ、そうすると今度は強い女による男へのセクハラとか取られかねない。もう、立ってするかしないと、平等なセックスにならないのよーっ、どうすりゃいいの？」

そう訴えるのは、女性作家の山川英々（えいえい）である。このところ、仲間の同業者たちと昨今の表現の不自由さを憂えることしきりなのだ。彼女の愚痴を聞いていると、正子は、つい茶化してしまう。

「立ってするのか……立ち泳ぎとかみたいだね。あ、でも、座って立て膝で向かい合うのも平等感あるよ。映画の『ラストタンゴ・イン・パリ』とか『ダメージ』みたいでさ」

「……座位ってやつですね。でも、なんか、安定感あり過ぎて、小説の中で登場人物が燃えてくれないのよ。どこかにバランスを欠いた部分がないと。あーっ、思う存分、押し倒す快楽と押し倒される快楽を書きまくりたい！」

英々は、言って身悶えした。

職業作家は大変だなあ、と正子は同情する。全方位に気を配らねばならないのだ。すべての人間関係に、高い人権意識を！　あらゆる差別語に監視の目を！　公序良俗に反する描写には厳罰を！　人類皆平等、そこのみにて人間関係は構築されるべし！　その前提においてこそ、意識高い系表現作品は完成するのである。

正子は、ぎゃははは、と笑った。

「私、そんなごりっぱな世界に住んでないんですけど」

英々は、人差し指を立てて、NO、NOと言わんばかりに横に振る。

「ごりっぱでない人々を、いかに平等に差別しないで描くかが、これからの文学作法と言えるのよ」

慈悲の心を持って人々を見詰め、その様を活写するということか。でも、それって、まさに、自分がやっているのと同じ、と正子はにんまりと笑みを浮かべる。

〈真のヤプーは、自分の運命に疑問を抱く筈もなく、すべてを受け入れていますので、そこには幸福も不幸もないのです。彼らは、ただ存在している。虐げられる意識も、差別される不公平も感じていない。そもそも道徳という概念もない。いわば、もっとも正しい家畜なのです。加工され、肉足台（スツール）にも、性遊具である舌人形（カンニー）になることにも甘んじる。それが、沼正三御大の創造した世界に棲む、真のヤプー。

ここで、けしからん！　ドン!!　と机を叩く人々がいるのは知っています。人道にもとる、恥ずべき書物ではないかっ、と激怒する人々も。

たかだか家畜の話ですよ。「アルプスの少女ハイジ」のおじいさんも、いっぱい飼ってた。とろりとろけるラクレットチーズも家畜由来。そして、あなたの着ている革ジャンも、あなたの食べてる、じゅわっと脂の滲み出るフライドチキンもトンカツも、元は家畜。憤るのなら、一度、我が身を振り返ってみましょうよ。そして、素直に、家畜を必要な存在として認めてみませんか。家畜には家畜の役割があると。

しかし、家畜にも、幸福と不幸を知る種類があるのですね。それは、元々、家畜として生まれついたのではない者たち。

たとえば、「家畜人ヤプー」の重要人物である瀬部（せべ）麟一郎（りんいちろう）（麟（りん））。彼は西ドイツに留学中、婚約者のクララと幸せで満ち足りた生活を送っていたのに、二千年後の世界からやって来て不時着した円盤に乗っていた、未来帝国イースの貴族の女に連れ去られ、奴隷以下のヤプーにされてしまうのです。そして、抗っていたクララも、やがて鱗の支配者に。

生まれつきヤプーでなかった者がヤプーにされるということ。そして、ヤプーの主人になったことのなかった者が元恋人を家畜として扱わなくてはならないこと。どちらも苦役。しかし、その苦役は、やがて、イースの摂理へと組み込まれようとして……と物語は進むのですが、意にそまない習性を強要されるのは、何と残酷な仕打ちでしょう。あまりにもひどい拷問です。

強制された加虐も、そして被虐も、どちらも地獄。では、愛する者の喜びのために、自ら、そこに身を投じたとしたら？　自分の意志でヤプー、あるいは、ヤプーの主人になるということ。それは、最愛の相手への「至上の愛」の証明になるのではないでしょうか。

ア・ラーヴ・シュープリーム！　ジョン・コルトレーン、ばんざーい!!

鱗やクララとは異なり、自分自身で選択するのです。そう、自発的ヤプー！　私は、ようやく悟ったのです!!　自分の進むべき道の何たるか、を。

私は、あなたの小間使いになれる。私は、あなたの召し使いになれる。私は、あなたの便利な道具。奴隷にだって、なれる。ええ、肉便器にも！

実は、世の中には、少なからぬ数の肉便器志願がいるのです。彼らは、同好の士以外に、その本来の姿を見せたりはしない。普段は、口をつぐんでいますが、機会あらば、いつでも肉便器に変身。

日頃、隠しているのは、彼らの趣味を忌み嫌い、まるで異常者扱いする世界人口98パーセントくらいの人々（当社調べ）によって、性のモラルが決められているからなのです。セクシュアル（テイスト）マイノリティにはつらい世の中ですが、このつらさが、また、後ろ暗い快楽を引き立てるのです。

肉便器というと、どこかの頭の固いおっさんが思い描く、性的にだらしない女を指すと勘違いされそうです。昔、「公衆便所」と呼ばれ、平成になってからは「ヤリマン」に名を変えた、不特定多数と体を交える、でも、だから何だってての、放っとけよ、と顔に書いてある女たち。

あるいは、本当に他人の排泄物を愛でる「スカトロマニア」と呼ばれる下手物（げてもの）食いの玄人さんを想像する方々も多いかと。

でも、私の言う肉便器は、そのどちらとも違う。もちろん、F××k around（やりまくる）の楽しさも解りますし、他人の放出する尿を「御聖水」と名付けて崇めたい気持にも共感出来ます。しかーし！

違うのです。

「家畜人ヤプー」で標準型肉便器（スタンダード・セッチン）と呼ばれるものは、顔をあお向けにして口を開き、主人の股間に吸い付き、その排泄物を受けるヤプーのこと。すんだ後は、唇で拭い鼻からの熱気で乾かすので、イースをトイレットペーパーいらずの国にしたとも言われたそうな。

もちろん、私だって、首根っこを御主人様につかまれて(あるいは、つかませて)排泄物処理を命じられたら(あるいは、頼まれたら)、誠意を持って全力を尽くすでしょう。全然、やぶさかではない。

でも、人間が排泄するのは、はたして、便や尿だけでしょうか。

それだけではない、と私は信じているのです。糞尿の他にも、膿、垢、雲脂(ふけ)……ありとあらゆる世の中で言われる不浄なものが体の外に姿を現わす。受精しそこねた敗者の精液や、循環出来ない役立たずの血液も。そして、そして、体内だけではなく、心の中に渦を巻いていた汚ならしい感情も、濁流となって外に噴き出し流れて来る。

私は、そのすべてを、肉便器になって受け止めて差し上げたいと切望するのです。ああ、堪忍してくださいと、しおらしく許しを乞うように振る舞いながら、その実、全身の吸引力にターボをかけて、私という肉便器の中に吸い込み尽くしてしまいたい。精神の汚物よ、ここに身を投げ出したまえ!

……なんて、メタファーを使って気取ってしまいましたが、要するに、愛する人のためならば、自分は、どんなに身をやつしてもかまわないということ。

……でも、ちょっとだけ白状してしまうと、私は、やっぱり肛門が好き。ええ、もちろ

ん愛する人のものに限りますが。〉

なんだ、比喩としての肉便器志願なのか、と読み手を一瞬鼻白ませた正子の告白であったが、やはり肛門好きの本音を洩らさずにはいられなかったようである。観念的マゾヒズムは高尚で、文学や芸術やらの世界に通じていて、語る価値は充分あるが、日常に転がるマゾ的なものも、ちっぽけだが捨てては置けない。

どんなに男女平等だ、フェアネスだと論じたところで、正子は自分の性癖を否定出来ない。それは、好きな相手に刺激される痛点は、快楽のツボでもあるということだ。

「相手の力ずくなやり方に燃えてしまう私はクズなんだわ」

仲良しの魔里夫相手に自嘲して見せる正子である。彼は、男が大好きな男で、二人は、互いの性的指向も嗜好も、まったく考慮することなしに、猥談に興じるのが常である。気づかいのない言葉の応酬の末に、口喧嘩になってしまう場合もしばしば。しかし、すぐに仲直りして、また喋り倒す。

「嫌よ、嫌よも好きの内、なんて昔のマッチョが作った言葉と忌み嫌って来たのに……あの人に対しては、誘い込むように、そんな演技をしてしまうの」

あの人、とは、正子の目下(もっか)の情人である。

「彼、サディストなの？」

「そういう傾向はある。でも、私は、もっともっと、彼にサディスティックな喜びを味わって欲しいの。そして、マゾヒストの私に奉仕してもらいたい」

「ほんと、人それぞれね。ぼくは、サディストとして、男の中の男、みたいなのを征服するのが最上の喜びね」

「男の中の男！　もはや、あんたたちゲイの世界にしかないイメージね」

「だから！　イメージで遊ぶのよ！　セックスを楽しむにはイメージが命！　正子は押し倒されていたぶられるのが良いんでしょ？　ぼくは、押し倒して、苛(いじ)めるのが好き」

「ゲイとヘテロだったのは、私たちの不運ね」

「でも、そのおかげで、親友になれたんじゃなくって？」

「よしてよ。あんたと親友なんてさ」

「ふん！　人の気づかいの解んない女ね！」

と、このように仲が良いのか悪いのか傍目には理解出来ない二人なのである。遠慮というものが、まったくない。

「こないださ、テレビ観てたら、女のタレントが、私、ドMで〜とか平気で言ってんの」

「ふん。どうせ、だからドSの彼と合うの〜とか自慢すんでしょ？　無知って怖いね」

いばっている男をSと呼び、それに従う従順な女である自分をMとたとえるのは、今に始まったことではないが、肉体の快楽としてのSMを知ったら、人前で口にするのははばかられる。

「あら、ぼくだって、人、なんだけど」

「いいの。フェティシズムの何たるかを知っている同士に、人前という概念はないわ」

特に、下等なフェティシズムの喜びを知る者たちの間には。

正子たちは、セックスとは無縁の単なる偏愛に「フェチ」という言葉を当てはめる輩も気に食わない。愛好家どまりのくせに、得意気に自らを「フェチ」と呼ぶのも何か重大な言い誤りのようで、正したくなるのだ。

「バッグフェチとか、靴フェチとかさ。バッグや靴とセックスして初めて、そう名のれるんだよねー」

「そう言えば、私のハイヒールに射精した男がいたわ!」

「それは、真性靴フェチだ!」

「だから、そいつのおちんちんを、そのシューズで踏みつけてやったら喜んでた」

「すごいわっ、正子ねえさん!」

「でも、でも……私は、踏むより踏まれる方が、ほんとのところ好みなのよ。まあ、好きな人だったら、あえてS的な行為で献身的になるのも厭わないけどさ」

「愛って、とどのつまり、献身だよね。苛めるのも苛められるのも、その人に快感の贈り物をするための奉仕」

　魔里夫は、ぽつりと言い、正子は深く頷く。でも、自分の好みを相手のために抑え続けていると、やがて終わりが来てしまう。無理はいけない。自発的ヤプーの快楽は、支配者との微妙な駆け引きによって均衡を保てるのだ。そして、その時々によって、S度を増したり、M寄りに傾いたり。すべて、相手とのバランスがヤプー度の采配を振る。

「最近、彼氏のお尻の穴が可愛くてならない」

「え？　魔里夫も!?　私もそうなの!!」

「そう？　でも、ぼくたち二人共、同じ好きでも、方向性が違うもの」

　そりゃあ、まあ。と正子は肩をすくめる。肛門に透けて見えるベクトルの矢印方向が違う。きっと、好きな相手の肛門というテーマは同じでも、見える景色は全然異なっているだろう。いずれにせよ、内臓の完結する場所が、とてつもなくいとおしい。

「完結!?」と、魔里夫が問い質（ただ）して反論する。

「あそこは、始まりだよ！　世界の始まり」

〈彼は、私を「ヤプ子」と呼んでくれるようになりました。私たちは、たった二人きりしかいないイース帝国の住民。あの本の中から脱出して、小さな国を作ったのです。

君主である彼は、私という専属ヤプーを携行して、ありとあらゆる蛮行に及びます。縄をかけ、きつく縛り上げることで、私の体を歪める。段々になった私の肉が旨そうに見えるのでしょう。彼の喉がごくりと鳴るのが聞こえます。ボンレスハムのようになった自分の体をさらしていると思うと、恥ずかしさで、顔を上げることすら出来ません。でも、私の肌のどこに彼の視線が刺さっているのかは、はっきりと解る。まるで虫眼鏡を通して焦点を合わせた太陽の光のように、熱く熱く皮膚を灼くのです。

鞭打たれるのも素敵です。許しを乞いながら呻(うめ)く時、はて、私は、どんな罪を犯したのだろうか、と首を傾げたくなりますが、縄からはみ出した乳首がはじかれる時、もう、どうでも良い、と思ってしまうのです。それどころか、もっと罰を与えて欲しいと切望します。

しかし、快楽のあまりに意識を失いかけると、彼は、慌てふためいてしまい、私を介抱しようとするのです。たく、もう！　そんな中途半端な君主があっても良いものでしょうか。自発的ヤプーの矜持が私にはあります。ここで止(や)めさせる訳には行かない。

沼正三の創り上げた帝国、イースは女権主義でもあるのでした。二千年後、世界は、とうとうそうなっていた。女がすべての点において権力を握り、男は、その下にある。男子には貞操義務が課されて、大昔にあった処女性ではなく、童貞性が重要視されるようになったのです。素晴しい？　ええ、そうかもしれません。そんな世界の誕生を夢想する人々も多くいた。

けれど、私と彼は、自分たちだけのイースを作ることに腐心して来た。いえ、それは、私だけかもしれません。彼は、愛する私に引き摺られただけかも解らない。

可哀相に可哀相に、と私の体を撫でさすりながら回復させようとする彼。私は、それを許そうとせず、今度は、首を絞めて欲しいと決して命令口調にならぬよう誘導します。出来ないよ出来ないよ、と抵抗する彼に対して、私は、内心、思ってしまう。さっさと奉仕したらどうなのよ！　実際に口をついて出るのは、哀しい物乞いめいた催促なのですが。

私の首に両手を当てながら、いつのまにか彼は泣いています。はらはらと涙が私の顔に落ちて、雨が降っているようです。

本物のイース帝国では、靴をヤプーの涙で洗わせるそうです。嬉し涙、悔し涙、苦痛の涙、皆、成分は異なりますが、革につやを与えるのに一番効くのは、痛覚が涙腺を刺激して分泌させる涙だとか。

どうして泣いているの？　私は尋ねました。すると、ぼくにいたぶられているあなたが可哀相で、などと答えるのです。妙な人。

涙が落ちる様を「はらはらと」などと表わしてしまいましたが、職業小説家の人々は、こんな通俗過ぎる言い回しなど絶対に使わないんでしょうね。今、私の顔に、はらはらと落ちて、私の頬を洗ってくれている涙。麗しい。でも変ですね、それをすべきは、ヤプーの私の筈なのに。

でも、どうでも良いのです。深い慈悲の心で泣いている御主人様を見上げながら、次は、肛門に吸い付いて奉仕することにしようと思い付く私。最高の幸せを奪い取る最強の肉便器。その名も家畜人ヤプ子です。

〈つづく〉

ぼくねんじん

た。

「朴念仁（ぼくねんじん）」という言葉の由来を調べてみた。すると、漢字の一字一字に意味があると知った。

「朴」は、飾り気がなく素直なこと。素朴の朴だ。そして、「念」は、一途に思いつめた考えや気持を表わす。最後の「仁」は、他者への思いやりや情けの意味だとか。

その言葉自体は「言葉少なく無愛想な人。また、道理の解（わか）らない頑固者。わからずや」のことを言うと、ものの本にはあった。転じて、「自身に向けられた（恋愛に関する）好意に気付かない鈍感な人」とも。

石川県の金沢市に単身赴任した露崎圭吾は私の上司だ。上司と部下の関係を越えた親しさだが、恋人同士ではない。私が一方的に好意を抱いているだけだ。でも、その気持をおっぴらにしたりはしない。東京に愛妻を残して来ている彼の生活の仕組みを壊そうとするほど、私は野暮じゃない。だって、大人だもの。

と、言いつつも、私は、露崎に会いたくて、月に一度、いえ、時には、三週間に一度、北陸新幹線に飛び乗る。電話でもメールでも、ビデオ通話でも駄目。ましてや、リモートなんて冗談じゃない。会議じゃあるまいし。

私は、息がかかるような場所で露崎と会いたいのだ。かかるだけ。別に、キスしたいとか、そんな贅沢な望みなんて持っちゃいない。彼の息が、彼だけの言葉を形作って私の耳にだけ届く。そういう瞬間を心から愛しているのだ。

金沢に転勤が決まっちゃってさあ、と困惑したような表情を浮かべて露崎が私を見た時、決心した。私、彼に会いに行く。気の置けない部下であると、思わせたまま、会いに行き続ける。親しい先輩が退屈しないように来てやってるんですよ、とわざと恩に着せる。恋心を偽装する完全犯罪だ。

「だってえ、一度、金沢に来てみたら、すっかりはまっちゃったんですよお。たぶん、先輩がいなくなっても通っちゃったりしますね」

私は、この美しい城下町に罪をかぶせる。入社した頃から、もう五年も好きだったなんて、曖にも出さない。

「そうか？　三谷は、もっとドライな街の方が好きなんだと思ってた」

「ドライって？」

「うーん、よく解らんけど、歴史とか、あんま関係ないとこ？」

「私、好きですよ、歴史。お城とか見ると一国一城の主とかになりたいと思うもん」

三谷らしいな、と言って露崎は笑った。一度で良いから下の名前の恭子で呼んでもらいたいものだ、と思うが、「さん」付けされなくなっただけでも大進歩だ。彼は、女性社員を絶対に呼び捨てにしない。それは、丁寧とか平等とかを心がけている訳ではなく、不必要に女と親しくするのが苦手だからなのだと思う。「さん」付けで距離を取っている感じ。それを皆、解っているから、私が呼び捨てにされ始めた時、周囲は驚いた。

「あの、露崎さんが、三谷さんを呼び捨てにするとはねえ」

同僚に言われた時、弟分なんですよ、と私は笑ったけれども、内心、とうとうここまで来られた！　と嬉しくてたまらなかった。妻から奪う気などさらさらない私は、とにかく、露崎と親しくなりたい一心だったのだ。特別な存在になりたかった。ごくごく自然な調子で、彼の身近にいたいと、あらゆる策を弄したのである。そう。私は隅に置けない女。今では、ごく当たり前のように、彼に連絡をする。来週あたり、また、そっち行きますよ、何かおいしいもん食べに連れてってくださいよお、と。

もちろん、露崎は、「おう！」と楽し気に応じてくれる。当然だ。私は、あらゆる手段を使って、彼の空いている週末を突き止めているのだ。妻は、多忙のようで、彼には、ほとんど会いに行っていないみたい。そんなことも調査済み。もちろん、彼は、私のよこしまな企みなど、つゆほども気付いちゃいない。

朴念仁なのだ、露崎圭吾という男は。

「ぼくねんじん」なんて言葉、私たちの世代では、「唐変木」とか「おたんこなす」なんかみたいに死語だ。日常会話では使わない古語？　みたいな感じ？　でも、夜の金沢を歩いていた時、露崎が言った。

「そうだ。穆然にジャズを聴きに行かない？」

「ボクネン？　朴念仁の朴念ですか？」

尋ねると、露崎は笑った。

そこは、尾山町にある隠れ家のようなジャズ・バーで、正式な店名を「Jazz Spot穆然」というそうだ。素晴らしい音で聴けるんだ、と彼はスピーカーの種類を口にしたけれども、オーディオ関係にまったく詳しくない私には、猫に小判のように思える。でも、ジャズは好きだ。聴いている自分が、いっきに大人の女になったように錯覚出来る。

露崎は、スマートフォンで検索した店の名前を見せて、言った。

「穆然の穆という字は、やわらぐとか穏やかとか、そんな意味があるんだけど、穆然は、本来、ボクゼンと読んで、静かに考えたりすることなんだよね……中国語では……」

私は、露崎が知識を披露する間、彼ののどぼとけが上下するさまを見ていた。英語でアダムズアップルって呼ぶんだよね、確か。この人のは、他の人のよりずい分と大きいんじゃないか。死んで、火葬したら、さぞかし存在感のある骨が残るだろう。

私がそんなことを思っている間に、話題は、いつのまにか中国の歴史に移っている。やっぱり、この人に相応しいのは、「穆然」ではなく「朴念」だ。

店は、尾崎神社に向かう道の路地を入ったところにあった。由緒正しい武家屋敷のような造りで驚いた。

「ここ、前田家の御典医の屋敷だったんだって」

さあ。そう露崎に促されて、店内に足を踏み入れると、そこは別世界だった。彼とマダムらしき人が、にこやかに挨拶を交わし、私たちは、カウンターの隅に通された。隣には、観光客なのか、外国人の二人連れがフランス語で会話している。

「素敵なお店！　先輩が、こんな雰囲気ある場所を知っているなんて、意外」

「なんで？　朴念仁だから？　そう呼んでたんだろ？　朴念仁は穆然を知る、でしょ？」

「あ。すみません」

店の中を見回して、つい、つまらないことを口にしてしまったのだった。

「三谷、おれより、おっさんぽい冗談を時々言うよね」

「えー、本物のおっさんに、それ言われたくないかも、です」

露崎は、ふざけて、私の頭を小突いた。一緒にタンカレイのジン・トニックを何杯もお代わりして、二人の間の空気を夢心地の酔いで満たした。ここはカレーが旨いんだ、という彼の勧めに従って、つまみ代わりに頼んだ。そして、味わい深いジャズの響きに体が包まれる。幸せだ、と思った。このひと晩だけで、何週間も続く彼の不在すら慈しむことが出来る。

　あ、と言って、露崎が顔を上げ、カウンターの中のマダムに会釈した。すると、彼女は、頷きながら彼に向かって微笑む。

「おれ、この曲、大好きなんだ。前に来た時、そう言ったの覚えてくれてたんだな」

「何て曲なんですか？」

「ビル・エヴァンスの『ピース・ピース』」

　原題はね、と言って、露崎はマダムに断って、コースターの裏に〝Peace Piece〟と書いた。

「平和……の断片ですかね」

「うん。おれ、これを聴くと、なーんか、天国にいるような気持になるんだ」

「先輩らしからぬ御言葉ですね」

「おれだって、時には、うっとりしたりするんだよ！」

　以来、私の生活にビル・エヴァンスのピアノは欠かせないものになった。ピアノの詩人とたとえられる彼の演奏を聴くと、何だか、この私ですら詩を書けそうな気がする。もちろん、それは恋の詩だ。陳腐なのは百も承知。だって、私は、彼に恋をしている。

　金沢には二年ほど通っただろうか。昼間は二人で街を歩き、夜は食事の後で穆然でジャズを聴く。界隈にずい分と詳しくなった。

九人橋(くにんばし)の跡のあたりを歩いていた時のことだ。

「ここに架かっていた橋を十人で渡ると、九人の影しか水面(みなも)に映らなかったんだってさ」

私は、九人橋川を覗き込んだ。もはや川とは名ばかりの小さな水路だ。

「金沢城を守るために城の周囲に巡らされた大きくて長い御堀と盛り土を惣構(そうがまえ)っていうんだけど、その惣構に架かってたそうだよ」

「相変わらず、物知りですね」

「って、説明書きにあった」

ふうん、と言いながら、露崎が自分と一緒に水面に映らない人生ってどんなだろう、と思った。想像もつかない。未来を思い描けない人生ってどうなんだろう。幸せなのか、不幸なのか。

そんな気分に襲われるようになった頃、露崎は、私を金沢港の新しいクルーズターミナルに誘った。埠頭は海風に吹かれるには絶好の場所で、カップルに大人気らしいが、その日は小雨が降っていて、人影はまばらだった。

「なんなんですか？　こんな日に、海って」

風で乱れる髪を押さえながら、私は尋ねた。

「三谷、おれたち、もう、こんな関係やめないか」

とうとう来たか、別れの時が。そう思って、デッキにつかまり、心の準備をしようとした。ところが、露崎は、こう続けたのだった。

「本社に戻る内示が出たんだ。東京に戻って結婚しないか？　いや、結婚してくれ」

そして、私が待ち侘(わ)びていた呼び名を口にした。

「恭子」

彼は小さな箱を差し出した。開ける前から私には、それが何だか解った。

「おれからのピース・ピースだ」

顔を真っ赤にしたまま、箱の中の指輪を私の左手の薬指にはめた。

プロポーズをするなら、海をバックにしたら良いと提案したのは、露崎の妻だという。もう、とうに男と女としては破綻していたと、彼は打ち明けた。離婚を切り出したのは妻の方だったと。

小雨が降るのに海を見ながらのプロポーズを変更出来なかった男。直立不動で立っている。ばつが悪くてたまらない、といった表情を浮かべて、汗をかいている。精一杯の格好付けで、ジャズの曲名を使った男。朴念仁のくせに。私は笑い出した。と、同時に泣き出した。


それから何年か経って、私は出張で金沢を訪れた。

初めてひとりきりで穆然の扉を開けた私を、マダムは変わらない笑顔で迎えてくれた。

結局、私は、露崎とは結婚しなかった。彼は、東京に戻ってしばらくして、クモ膜下出血で命を落としてしまったのだった。愛する朴念仁を失った私は、深い孤独の中に突き落とされ、行き場をなくして、長いこと途方に暮れた。

葬儀の場で初めて会った彼の妻だった人は、レコードに針を載せたまま亡くなっていたそうよ、と私に言った。

「かけましょうか。ビル・エヴァンス」

マダムの声に頷き、私は、薬指の指輪に触れる。"Peace Piece"、聴いていたのが、この曲だったらいいな、と思った。天国に行くのに、まったくうってつけの音楽だ。

陰茎天国

その村のはずれには陰茎が群生している。何故、そうなったのかを知っている者は、もう誰もいない。自分が生まれた時から繁っていた、と古株の村民たちは口々に言う。疑問に思ったことなど一度もありませんよ、と。

過疎化が進んでいるとは言え、ごく普通の村である。中心部には、小さいけれども、スーパーもあるしカラオケスナックもある。村役場も、きちんと機能している。行政のあり方に異議をとなえる者もいない。

でも。

川のほとりに陰茎群生地帯が広がっているのである。尾瀬に水芭蕉が生育するかのごとく、にょきにょきと沢山の陰茎が生えているのである。そして、この村を存続させるのに必要不可欠なものとして、大切にされていた。時には、崇められることもあった。ユーモラスな存在として、親しみを持って語られることも。

陰茎たちは「ヘヴンさん」という総称で呼ばれていた。幼ない頃は、奇妙な生き物としか認識していなかったヘヴンさんが、年頃になると、妙に気になって来て、娘たちの心はそわそわし、体はうずうずし始める。

ああ、そうだ。ここは、ごく普通の村と先に書いたが、少しだけ普通とは違っている部分を記しておかなくてはならない。どこがかというと、この村の住民は女ばかりなのである。

彼女たちが男を追い出した訳でもなく、男たちが、ここから逃げ出したのでもない。何となくいなくなった。不必要なものは淘汰されるという自然現象によるものか、空を飛ばないペンギンの羽が変形して行ったような退化……いや、後ろ向きの進化故なのか。とにかく、男はいなくなった。

けれども、人々は、他の土地には男がいる、というのを充分承知しているのである。TVも観られるし、行き渡っているとは言えないが、ネット環境だって、そこそこ整っている。外の世界がどうなっているかなんて教えられなくても解(わか)る。時代が逆行した民話の世界に生きている訳ではないのだ。

ただ、自分たちの生まれ育ったこの村に男がいないというだけなのだ。そして、そのことに何ら不自由を感じていない。これも、ひとえにヘヴンさんのおかげである。足るを知るという信条は、ヘヴンさんたちによって培われたと言えよう。TVドラマなどの中で、すったもんだしている男女を観るにつけ、心に平穏をもたらしてくれるヘヴンさんに感謝の念を抱く村の女たちなのであった。

女たちは、体が熟して身悶えするようになると、陰茎の群生する川べりに行って、自分に合いそうなヘヴンさんを見つけては弄び、少しずつ足の間に差し入れてみる。そして、ちょうど良くはまりそうなのを選んだら、出し入れをして楽しむのである。しばらくそうして、気がすんだら適当に切り上げて、さっさと立ち去る。

もしも子供が欲しい場合は、根元が赤くなって膨らんだヘヴンさんを選ぶ。そして、抜き差しのタイミングに合わせて、その張り詰めた部分を指を使ってぐいぐいと押すのである。すると樹液のような汁が噴き出し、上手く女の内部に命中すれば、彼女は妊娠出来るのだ。

満月の夜は、その願いを持った女たちが、ひとりふたりと川のほとりに向かって歩き出し、しゃがみ込んでヘヴンさんと戯れているという。

「ねえ、私もそろそろ自分のヘヴンさんを見つけに行くべきだって、ママが言うのよ。なるべく早く孫の顔を見たいからって……」

「え？　まだヘヴンさん未体験なの!?」

「うん。だって、全然、必要性感じないんだもん」

「信じらんなーい!!」

そんな妙齢の女同士の会話を交わしてはしゃぐのは、生っ粋の村娘である珠美と亜以子である。絵に描いたような優等生と不良少女のでこぼこコンビだが、小さな頃から仲が良い。珠美が勉強を教え、亜以子が世の中についての情報提供をしつつ、互いに足りない部分を補いながら成長して来た。村の中学を卒業した後、二人共、通信制の高校を出て、珠美は信用金庫に、亜以子は、家業の食堂を手伝っている。

「初めてのヘヴンさんには、おっかなびっくりで取っ掛かるのも仕様がないけど、すぐ慣れっからって、うちのばあちゃんが言うのよ」

「うんうん。慣れたら気持良いよー。でも、合わないと苛々するから、じっくり選びなよ。ヘヴンさんは選り取り見取りだから、あせる必要は全然ないよ。あ、そういや、珠美、おばあちゃんから何も聞いてない?」

え? と目で問い返すと、亜以子は声を潜める。

「最近、うちらの村のことを興味本位で探ろうとする奴らがいるのは知ってるよね」

「あ、なんか、辺境の村、みたいな感じで書かれたらしいね。男が絶滅した因習の地だって。全然違うのに。ただヘヴンさんの生育地だってだけなのに」

「でしょう? それなのに、おもしろおかしく書かれちゃってさ。大学の探険部の連中が侵入しようとして駐在さんにつかまったのよ」

「何、それ」

珠美の内に怒りが湧いて来た。私たちは、ただのどかに暮らしているだけなのに。女ばかりで充足することが誰かに迷惑をかけたとでも?

「日本のアーミッシュ発見か、なんて、ネットに出てたりもしたらしい」

アーミッシュとは、アメリカのペンシルベニアやオハイオ、カナダのオンタリオなどのいくつかの州に居住するキリスト教の共同体である。彼らは、農耕や牧畜を営み、現代の技術導入を拒んで自給自足の生活を営んでいる。子供たちは、十六歳くらいになると一度親元を離れて俗世で暮らすそうだ。そして、一、二年後にアーミッシュであり続けるか否かを選択するのだとか。

「全然違うじゃない。私たちは、出て行こうが戻って来ようが好き勝手に出来るし、アーミッシュのように、自動車や電話が禁じられている訳でもない。それどころか、外からの情報なんて入り放題だよ。そして、私たちは、時に、それを無視したり、シャットアウトしたりする自由をも大切にしている」

話している内に、どんどん珠美は激昂して来た。この世界に氾濫する膨大な情報に惑わされず、それらから影響を受けるままにはならず、自分たちの信じるものを選び取っている。それが、この村の姿勢なのに。確かに、アーミッシュに似ている部分もあるかもしれない。信条を持つ、という意味では。でも、私たちは信仰の許にそうしている訳ではない。

怒りに震える珠美に、でさ、と亜以子が続ける。

「うちの食堂で飲んでた村長たちが話していたのを聞いたのよ。余計な詮索をしたり、ちょっかいを出す輩を村に入れないためには、これしかないだろうって」

「え？　何よ、それ」

「鎖国ならぬ、鎖村よ」

「はい？」

「もちろん、鎖村ったって、外の人間すべてを一歩も入れないってことじゃないのよ。そんなこと出来る訳ない。たとえば、長崎の出島みたいなところがあったっていい。重要なのは、村に入って来る新参者にはチェック機能を強化して、物見遊山の連中を排除しようってことなの。これも皆、良からぬ人間がいい加減な噂を流すのを心配する故、なのよ」

珠美は、どうも腑に落ちない思いに駆られるのだった。村の平穏が保たれるのは良い。しかし、奇矯な住民には触らない方が賢明だ、などと外の人々に思われたら？　タブー視され孤立するのは、決して、村の本意ではない筈だ。

ほんとは、さ、と亜以子が、内緒話をするように、珠美の耳許で囁く。

「よそもんにヘヴンさんを奪われたくないのよ」

「……ここの種の保存に関わるから？」

「それもあるけど、大人になった村人は、皆、自分のキープ・ヘヴンさんがいる訳じゃない？　中には、鍛冶屋がやるみたいに打ったり、革職人顔負けの鞣し方でつやを出したりして、ようやく自分の満足の行くように仕上げたものもある訳よ。もしも、それを刈り取られて、どっかの女に使われちゃったりしたら、泣くに泣けないでしょ？」

そう言えば、と珠美は思い出す。自分の丹精したヘヴンさんを取られそうになって激情に駆られた女が刃傷沙汰を起こしたことが、何年か前にあったたっけ。この時は、村長が麻酔銃で双方を眠らせて、ことなきを得た筈だ。同じ村人同士でも、こんな事件が勃発する。もし、よそから来た女による横取り案件だったら、殺人事件に発展しかねない。

「ヘヴンさんは、おらが村の財産だって、村長たちも言ってた。私もそう思う。珠美も、早く、ヘヴンさん体験してみな。この村を、もっと大事に思って、守りたくなるから」

具体的な策として、関所を設けたり、入村の申請をさせたりして、規制する案が出ているという。出村に関しては、制限なし。去る者は追わずがコンセンサスだとか。どうせ、ヘヴンさん会いたさに戻って来ると、村議会では楽観していたらしい。

そうかなあ、そんなことをしたら、どんどん過疎化は進み限界集落に近付いてしまうのではないか、と珠美は考えざるを得なかった。

しかし、よそ者によって村が荒らされるのでは、という村役場の人々の危機的気分も、村の衰退を問題視する珠美の懸念も杞憂に終わりそうだった。

一時は、天然記念物とも呼べるヘヴンさんの恩恵を受ける女だけの村として話題になりかけたこの地も、フィーバーを迎えることなく、やがて口の端に上る機会も減って行った。あれは、都市伝説ならぬ村伝説であろうと処理されたのだった。

ローカルラジオ番組のインタビューで、我々の神聖な地を侵す者には、村ルールを適用する、と村長が宣言したのも効いた。

ち、ど田舎の村のばばあが自意識過剰なんだよ！　と不興をかってしまったのか、別に、あんたんとこなんか興味ないもんねー、と言わんばかりに、世の関心は薄れたのである。ヘヴンさん？　ムーミン谷のニョロニョロみたいなもんだろ？　そんなの、大昔の「カルピスまんが劇場」で見て、とっくに知ってるもんね、ぜーんぜん、珍しくない！　と思われたのかもしれない。

かくして、村の平和は保たれた。ヘヴンさんと共存する女たちの日常は粛粛と営まれて行ったのである。

静謐な日々が流れていた。川のほとりでは、常にヘヴンさんと戯れる村人の嬌声が響いていたが、あたりは謝肉祭特別区と見なされて、誰も気に留めることはなかった。

平和。安寧。ピース。も一回、ダブルピース。人類が求め続ける最重要なものではある。でも、ふんだんに手にした状態が続けば、その価値が解らなくなる。愛と同じだ。贅沢者は、その状態を「ぬるま湯」と呼んだりする。

村人たち全員が、ぬくぬくとそれにつかって、倦怠感を覚え、気分はもう、かつてのベストセラー小説「マディソン郡の橋」の日常に倦み疲れた人妻フランチェスカのようになって来た。そんな時に、村をゆるがす出来事が起こったのである。

亜以子が一大事とばかりに珠美の家に飛び込んで来て言った。

「う、うちの食堂に、わ、わ、若い男が二人……や、やって来て」

すわっ、襲撃か⁉　と立ち上がろうとする珠美を制して、亜以子は、息を切らしながら続ける。

「ち、違う。かつ煮定食と玉子炒飯を食べている！」

なーんだ、と思った珠美は、再び腰を降ろして尋ねた。

「珍しいね、うちの村に訪問者が来るとは。あ、それとも迷い込んで来たの？」

亜以子は、落ち着くように差し出された水をひと息に飲んで、溜息をついた。

「だったら、歓迎しないでもないんだけどさ、彼らがこんな会話を交わしてんのを、私、聞いちゃったのよ！」

男たちは、言っていたそうだ。

——ここさ、女ばっかの村だって聞いたけどほんとなのかな。

——らしいよ。だからさ、おれらマジでモテモテじゃん。

——何だよ、まだもてたいのかよー。

そして、下卑た忍び笑いを洩らしていたそうだ。

何、それ、と珠美はいきり立った。彼らが不純な目的でやって来たのは明らかである。

そして、村民が無条件で自分たちを歓迎すると信じ込んでいる。何がモテモテだ！

「いや、それが、二人共、すごくいい男なんだわ……」

「どんなふうに？」

「村の外で使われている言葉で言うと、イケメンってやつ？」

　あのねえ、と珠美は呆れる。

「この美しい村で育まれた、豊かなあんたの語彙はどうなってんの⁉　ゴメンですむなら警察はいらないし、イケメンですむなら文学はいらないよ！」

「ごめん……私、はなから文学はいらないんだけどさ……きりっとした生真面目な感じの美丈夫と、崩れ加減が絶妙なノンシャランとしたパリジャンのような美青年の二本立てなんだよ」

「……つまり、まったく違うタイプの美しい男の二人連れってことね」

「うん！　私と珠美みたいなもんだよ」

　侵入者に対して、何の警戒もしなくなった今、突然やって来た、ならず者たちに為す術もない私たちの村……と、珠美は、自分を始めとする油断し切っていた村人たちを叱咤したいような気持になった。女ばかりだからといって、なめられるなんて冗談じゃない。

「ね、うちのお母ちゃんが、まあまあ、お近付きの印に一杯……とか言って、お酒出してたから、まだ、あいつら居ると思う。珠美、見に来ない？　生身の男なんて、直に見るの久し振りでしょ？」

　亜以子のところのおばさんが脂下がって相手をしているのが目に見えるようだ。だいたい、あの人は、ヘヴンさんの中でも、一番たくましくて芯のしっかりしたのを先取りすることで有名だもの。珠美は、親友の母を少し蔑む自分に罪悪感を覚えないでもなかった。そんな権利、私にはないのに……。それに、私だって、その二人の男たち、見てみたい！

彼女は、亜以子の後に続いて走り出した。

食堂には、村人が集まり始めていた。テーブル席に落ち着いている客たちもいたが、多くは、おっかなびっくり、という様子で窓から中を覗き込んでいた。若者たちは、動じることもなく、楽し気にビールを飲んでいる。

「このままだと人手が足りなくなりそうだね。私、中で手伝うから珠美も来て」

亜以子に言われて、珠美は後に続いた。

「お、やっと若いねえちゃん、来た！」

不良じみた方の男が言い、周囲は即座に咎めるような視線を送る。なんて品のない嫌な物言いだろう。だから興味本位のよそ者は困る、と珠美は思った。村の澄んだ空気が、たちまち汚れて行くようだ。

「風太、そんなふうに言ったら駄目だ。失礼だよ」

連れの生真面目そうな男の方がそうたしなめ、すると、驚いたことに、風太と呼ばれた下衆男は素直に謝ったのだった。

「すいません。おれ、お調子もんなんで、親しくなりたい人たちの前では、すぐに考えなしに軽口を叩いてしまうんです」

食堂の空気全体が機嫌を直したように、くすくす笑いが広がって行った。

「はい！　ルーロー飯と高菜チャーハン、上がったよ！」

厨房からの大声に、亜以子が慌てて飛んで行く。

「あ、高菜チャーハン、旨そう。ぼく、あっちでも良かったかな？」

亜以子が運ぶ盆の料理を見て、生真面目な方が呟いた。

「おいしいですよ、次の時は、どうぞ」

はい！　と好ましい態度で返事をした男に、隣のテーブルの常連客が声をかける。

「その高菜チャーハン、私んだから、少しやるよ。おにいさん、名前、なんていうの？」

「直人です。こっちの失礼なやつは風太といいます」

「それで、なんだって、この村にやって来たんだい？　どうせ物見遊山なんだろ？」

「あ、そう思われても仕方ないんですけど、違うんです。ぼくたちは、文化人類学を学んでいる大学院生です。フィールドワークの一環として、日本全国の村を回って、そこのしきたりなどを調べているんです。な？」

隣の風太は、同意を求められて、ぶんぶんと首を縦に振った。

珠美は、空いたテーブルを片付けながら、さりげなく二人に目をやった。直人の方が断然好みだと思った。高菜チャーハンを分けてもらった年増に惜しみない感謝の笑顔を向けている。人を年齢や美醜で差別しないで生きている、根っからの平等主義者の振る舞いだ。

実際に目の当たりにすると、心打たれる。

「ちょっとお、珠美ちゃん、何、見とれてんの？　もしかしたら、生身の男、見るの、初めてなんじゃないの？」

ホールに出て来た亜以子の母が言った。顔を上げた直人と目が合い、珠美は自分の頬が熱くなるのを感じた。いつもなら、その、ざっかけない物言いを快く受け止めるのに、今日は何だかがさつで心ないように思う。

「男、見るの初めてって、もしかしたら処女？」

風太が口に出すやいなや、直人が馬鹿と言って頭を小突いた。

「そういう種類の会話は、うちの村にはないんだよ！　この村で、フィールド何とかをやりたいんなら気を付けな！」

亜以子の母に責められて、風太は、頭を下げた。

「すんません。でも、ママさん、格好いいです」

「やだよ。ママさんなんて。私は、あんたの母親じゃない。銀子と呼んどくれ」

「銀子」

呼んで流し目を送る風太を見て、銀子は相好を崩した。そして、彼の隣に腰を降ろして、相好だけでなく姿勢も崩した。やれやれ、身を持ち崩すのも時間の問題だろうと周囲は思った。思った通りになった。

直人と風太は、村に一軒だけある旅館を紹介され、そこに逗留することになった。

「ちょっとお、いいの？　鎖村にするとか何とか騒いでいた時期もあったのに」

亜以子の言葉に、銀子は肩をすくめる。

「いいんじゃなーい？　もう侵入者のことなんか誰も話題にしてないし、村の活性化のために、やっぱ、少しは観光客も来てもらわなきゃいかんでしょ」

「まあ……確かに、二人が食べていた時の食堂の空気は活気付いていたけどね。私、うちの食堂に人が列を作ってるの、初めて見たよ」

「男女差別には断固反対するよ、私は。あの若僧たちにだって、旨いもんをたらふく食う権利はある！」

閉店後の店の掃除を手伝いながら、珠美は母娘の会話を聞くともなしに聞いていた。さすが銀子おばさんだ。毅然としてる！　村一番のヘヴンさん取り名人だけあるなあ、と思った。ヘヴンさんのフェイクをぶら下げている（らしい）小僧共に遭遇してもびくともしやしない。

珠美は、ほとんど感動していた。

ところが、である。時を置かずして風太と銀子の不適切な関係が囁かれるようになったのだ。最初は店の残り物を宿に届ける銀子の親切が、誉め言葉として口の端に上るだけだった。しかし、その内、彼女がやって来るたびに、直人の方が外出するようになったのだ。

所在ない様子で、路傍の石に腰掛けたり、草笛を吹きながら畦道をそぞろ歩く直人の姿は少なからぬ村人たちに目撃されていた。

「あれは、相棒と銀子の邪魔をしないように気を使ってるに違いない」

「銀子たちに無理矢理追い出されるんじゃないかね？」

「いや、情を交わす時の声がうるさ過ぎて我慢出来ずに飛び出してしまうんだろう」

可哀相に、可哀相に、と村人たちは念仏を唱えるかのようにくり返した。せっかくフィールドワークにうってつけの土地に出会ったのに、はみ子にされとる。親子ほども年の違う女にたぶらかされて……と、かまびすしい。

「ああ、もう、やんなっちゃう。風太って奴、食堂が閉った後も、うちに来るのよ⁉」

亜以子が憤懣やる方ない、というように珠美に訴える。

「いいじゃない。うちの村には不倫って言葉も存在しないんだしさ、交情を不適切なんて言ったら、おかしいよ。で、銀子おばさん、ほんとに風太って野郎と？」

ふう、と亜以子は溜息をついて、ほんと、と呟いた。

「なんで、ヘヴンさんで満足出来ないんだろ。お母ちゃん、ほんと、変なになっちゃったみたいよ？　風太に取り憑かれてる」

珠美は、いとまを告げて、夕暮れの道を歩いた。今晩もまた、夜が更けた頃、銀子さんと風太は愛し合うのだろうか……そう思いついた瞬間、はっとした。自分が愛し合うという言葉を生まれて初めて使ったことに気が付いたのだ。男と女が股をすり合わせることが愛だというの!?　同じ抜き差しするんでも、ヘヴンさん相手に愛なんて用語は欠片（かけら）も出て来ない。頭の片隅をよぎることさえない。

何か新しい言葉の誕生に立ち会っているような気がして、珠美は呆然としたままだった。

「あの……珠美さん……ですよね？」

突然、声をかけられ、飛び上がらんばかりに驚いた珠美が振り返ると、そこには直人がいた。ひいっと、思わず声が洩れた。

「そんなに、びっくりしなくても。あの……お時間があるなら、散歩、付き合ってもらえませんか？」

「……いいですけど、なんで？」

「風太がいつも忙しくて、ぼく、ひとりぼっちなんです。寂しいし、退屈だし、で毎日ひとりで散歩をしてるんですが」

夕闇がせまる中で、微笑んだ直人の歯が光った。この人、と珠美は改めて思った。隅から隅まで清潔な感じがする。なんて好もしいのだろう。

二人は、並んで歩き始めた。直人が話すすべてのことが、珠美にとって珍しかった。そして、いちいち驚きのあまり息を呑んだり、声を上げたりする彼女を直人は嬉しそうに見た。

「なんか、新鮮だな、こういうの。今、皆、知ったかぶりしたり、揚げ足を取ったりしがちじゃないですか。でも、珠美さんは、とっても素直に耳を傾けてくれる。好きだな、そういうの」

珠美の頬が熱くなった。好きだな、という言葉が、いっきに彼女の血の巡りを良くしたようだった。男のひと言って、体の状態も変えるんだ。心の襞(ひだ)で燐寸(マッチ)を擦られて、皮膚が発火したみたい。私も言ってみようか。「好き」って……。

近くにある小高い丘に上って夕陽をながめようと、村道を歩いていると、直人が珠美を制して、静かにするよう唇に人差し指を当てた。何事かと、彼に促された方向に視線をやると、草むらで男女がまぐわっていた。

そんな光景を目撃するのは、もちろん初めてだったが、珠美には、それがあのことであるのが、すぐに解った。熟した夕陽の中で、犬の交尾のような格好で体をつなぎ合わせているのが、風太と村長だということも。

言葉を失った珠美の腕をつかみ、直人は急ぎ足で、その場を離れた。彼女は引き摺られるようにして、従った。

歩いていると村に灯りがともり始めた。震えている珠美を見て、大丈夫？　と直人が言って気遣った。そして、通り掛かった村の「なんでも屋」で缶ビールを買って来ると、店の前に並べられた簡易テーブルのひとつに彼女を促した。そこは、角打ちとして開放されている場所で、もう少し経つと人が集い始めるのだった。

「ぼく、珠美さんに謝らなきゃいけない」

直人は、唐突に切り出した。自分たちが文化人類学の研究をしているのは嘘ではないが、この村にやって来たのは、多分に興味本位故だったと語った。風太は、古い文献から、この村の存在を知り、興味津津な様子で言ったそうだ。

「ムーミン谷のニョロニョロみたいに、珍宝がいっぱい生えてるらしい。見てぇ！　すっげえ見てぇ!!　そんなのより、おれのがずっといいって教えてやりたいなー」

何、それ、と珠美の目に涙が滲んだ。直人が慌ててハンカチを出して渡す。

「直人さんも、そう思ったの？」

「まさか。風太は、そういう男なんだ。いい加減で考えなしで、女と見れば見境なく、すぐに欲情する。でもでも……珠美さん、信じて！　あいつは、本当は、繊細で傷付きやすい心優しい可愛い気のある根は真面目で純情な素晴しい奴なんだよ」

「でも、お調子もんなんでしょ？」

「……うん。だから、ぼくは、いつもあいつの後に付いて見守ってやらなきゃならない。あいつが、そのお調子もんの本領を発揮しないように。だって親友だもの」

いつのまにか、直人の瞳にも濡れてきらめくものが浮かんでいる。それを認めた途端、珠美の心は、もう燐寸どころかバーナーで焼かれたようになった。あえて、風来坊のように振る舞い、どこ吹く風という調子で風太の後に付いて行く直人。生真面目な風来坊。逆説的で、ぐっと来る。恋に落ちたのか。これが恋、なのか。

「直人さんて、スナフキンみたい」

二人は、互いを見詰めて微笑み、アニメのスナフキンのテーマを口ずさんだ。夕日に浮かぶ～おさびし山よ～……。

「この歌は、井上ひさしという作家が作詞したんだよ。昔のテレビ人形劇の『ひょっこりひょうたん島』も同じ人」

へえ、と珠美は思った。その、何とか島というのは知らないけど、すごく博識なんだわ。このまま、色々、教えて欲しい。

しかし、直人は、他のトリヴィアを披露することなく、顔を両手で覆って苦渋に満ちた声で言った。

「この先、風太の毒牙にかかる村の人たちは、どんどん増えて行くかもしれない。平和だった村に怒号が飛びかうようになったりしたら……。いや、怒り狂った人たちに、あいつが仕返しをされて、ひどい目にあったら……」

「まさか？　そんなの取り越し苦労だわ」

珠美は、落ち着かせようと直人の背を撫でた。そう出来る自分の余裕が嬉しかった。今、私は、風太よりも彼に近い場所にいる。

何日かが過ぎ、珠美は、直人の不安が杞憂ではなかったのを知ることになる。村のあちこちで、風太に起因する騒動が巻き起こっていたのだ。

それは、すべて、風太と肉体関係を結んだ、あるいは、結びかけた、もしくは、結べなかった人々の間の争いで、激しい肉弾戦の揚句、重体で病院に運ばれる者もいた。取っ組み合い、ののしり合い、村は、ひどい有様を呈していたが、風太は、その間をするするとすり抜けて、また別な女に甘い誘いをかけていた。老いも若きも美女も醜女もなかった。節操のない平等主義なのだった。

珠美が衝撃を受けたのは、その内のひとりが、亜以子だったことだ。彼女は、母親と死闘をくり広げ痣だらけになっていた。

「どうしたって言うの!? あんなに仲良かった母娘が!」

珠美の叱責に、亜以子は啜り泣いた。

「だって、どうしても、彼が欲しかったんだもの。ひとり占めしたかった……」

「なんで!? 皆、どうしちゃったの? 欲情したんなら、ヘヴンさんがあるじゃないの!ありあまるヘヴンさんが。何故、使わないの?」

だって……と、亜以子は答える。

「知っちゃったんだもの。本物の快楽って、ヘヴンさん的なもの以外が与えてくれるんだって」

はい? 珠美には意味が解らない。いったい、何が、どう与えるっていうの?

「指や唇や舌や唾液、そして、息や言葉……睫毛や爪や皮膚の湿り気も……ヘヴンさん的なものは、最後の仕上げに使えば……ううん、使わなくっても良かったくらい。風太は、皆に、そのことを教えて去って行くボヘミアンだったのよ。追いかけても無駄と知りつつ、誰もが自分の許に引き止めて置きたいと願って争った」

そこまで言って、亜以子は、また泣き出した。珠美は、すっかり混乱してしまい、駆け出した。もう止められない、私は、私だけのボヘミアンに会いに行く。きっと、世界のさまざまな事情に詳しい彼なら、私に、本物の快楽について教え諭してくれるに違いない。

月夜である。珠美は、やみくもに走り続けて、いつのまにか川のほとりに辿り着いたことに気付いた。月光に照らされて、ヘヴンさんたちが怪しく輝いている。ふと、何やら獣のような息づかいに気付いて、そちらに目をやると、ヘヴンさんの群れの中で、中腰になった男がひとり、屈伸運動をするかのように体を上下に動かしているではないか。そして、か細い声で、ふうた〜と呻いているのだ。

直人だった。それは、とても孤独な姿だったが、銀色に照らされながら、目を閉じてせつなげにうっとりとした表情を浮かべている。恍惚。珠美は、これまで、男のそんな姿を見たこともなかったが、そこには恍惚という言葉を当てはめるのだろうと咄嗟に理解した。

その村のはずれには陰茎が群生している。そして、人々の思惑を知ってか知らずか、酔生夢死に誘い込むかのように、風に吹かれて、揺れている。

ジョーンズさんのスカート

私は、そのスカートを「ジョーンズさんのスカート」と呼んでいる。美浜のアメリカンビレッジのショップで、それに出会った時、あ、私に会いに来たんだ、と思った。

「ゴールデン・エイジ」というそのショップは、古着と新品の衣類を半々に扱っていて、オーナーがあちこちで買い付けたという、お洒落な小物類も沢山並べられていた。クールなものも、ワイルドなものも、キュートなものも、ブリンブリン（キラキラ）なものも。立ち寄るたびに胸を騒がせるおもちゃ箱のような店。行けば、必ず、心惹かれるものが見つかった。しかし、少々、お値段に難あり。

今日もそう。アンティークっぽいビジューで埋め尽くされた化粧ポーチを自慢した里加子は羨望の的になった。あちこちから、うわーっ、それ上等ね、という声が飛ぶ。ちなみに、「上等」は、別に喧嘩を売っている訳ではなく、ちょっとした誉め言葉。普通に使っていたら、それ方言じゃない？　と東京から来た子に不思議がられた。そうなの？

遠くからも見える大観覧車がランドマークの美浜アメリカンビレッジは、観光客はもちろん、地元の若者や家族連れにも大人気のリゾートエリア。立ち並ぶショップだけでなく、レストランやアミューズメント施設も充実していて、一日中いても飽きない。夕日の美しいビーチもあるから、デートコースにもぴったりだ。基地に住むアメリカ人たちも多く訪れるので、週末など、どこの国にいるのか解らなくなる。

けれども、このあたりで生まれ育った私たちにとっては、その「解らなさ」こそが日常。「解る日」が、いつか来るのか、それこそ解らないけれども、とりあえず、私たちは目の前にある自分好みの「上等」を見つけて、ささやかな日々の幸せを味わおうとしているのだ。その数ある内のひとつがGAこと「ゴールデン・エイジ」という訳。

その日も、私と仲良し組三人は、ブルーシールのアイスクリームを食べて、お喋りに興じた後、GAに立ち寄った。和江が格好良い灰皿を見つけたという。

「なんで灰皿!?」

私たちの怪訝な顔を見て、和江は照れたように白状する。

「今度の彼氏、煙草吸う人で」

ええっ、と私たち、さらに驚く。

「大人？　不良？　おやじ？」

「スモーキング年齢に達した青年です」

「青年！　なんかの条例とかでしか知らない人種だね」

爆笑する皆を残して、私は、フロアの隅にある米軍放出品の並べられた一画に移動した。ここに、しばらく前から気になっている「ジョーンズさんのスカート」があるのだ。

このGAには、コンディションの良い払い下げ品はもとより、それらをリメイクしたおもしろい商品が置かれているのだった。カットオフして、ワッペンをいくつも縫い付けた短パンや、ジャケット仕立てにして、リボンやレースを付けてトリミングしたワークシャツなど。

私のお目当ては、何枚かのカーキ色のユニフォームを大胆に切って縫い付け、スカートにしたもの。袖の部分がヒップボーンの位置に巻き付けられて、前で結べるようになっている。その下にはポケットがあり、そこに、かつての持ち主であろう人物の名札が付いている。

「JONES」

その名を認めた瞬間、私は、あ、このスカート、私を待っていた、ううん、会いに来た、と思ったのだ。そして、ラックからハンガーを外そうとして驚いた。重い！　値段を見て、もっと驚いた。高い！

「タミー、まさか、そんなの買おうとしてるんじゃないでしょうね。こないだから、そのスカート気になってるみたいだけど」

いつのまにか背後に来ていた真琴が、咎めるように言った。私の名前の多美を仲間は皆、タミーと呼ぶ。

「買わないよ、私には高過ぎるもん。ほら、値段見てみ、二万五千円だって」

「ほんとだー。でも、値段の問題じゃなくてさ、それ穿いてどこ行くのよ。東京から来た観光客ならともかく」

そうなのだ。基地のある街では常識だが、軍関係の人々以外、ミリタリーのユニフォームを着て出歩くことはない。まして、デザイン上とは言え、切り刻んでパッチワークした軍服なんて。それに身を包んで、街を歩くなんて不謹慎な感じがする。

でも、でも、欲しいんだよ、と私は思う。黒い革ジャンと合わせてさ、足許は、もちろん偏愛するドクターマーチンの8ホール！　ベレー帽をかぶってもイケるかも……と、お洒落の夢は広がる。

「ねえ、皆、どう思う？　タミー、このスカート、欲しいんだって」

「じゅん(マジ)に？　格好良いは格好良いけどねー」

「大学、東京行く気でしょ？　あっちで穿けば良いさー」

「そうそう。欲しい時が買い時だよ」

問題のスカートを裏返したり、自分の腰に当ててみたりしながら、皆、勝手なことを言っている。

そんな中、里加子が、私を見詰めて尋ねた。

「ね、タミーは、どうして、それが欲しいの？　他にも、同じようなリメイク品あるじゃない。たとえば、これとか」

そう言って、ラックの中から、別のスカートをピックアップして、見せる。そして、あやふやに頷く私に意味ありげに笑いかける。

「ジョーンズって名札が問題なんだ？」

その通り。私は、話し始めた。

私は、米軍基地内で働く父と二人暮らしだ。職場結婚で一緒になった母は、私が幼ない頃に病気で死んじゃった。まだ、もの心ついたばかりの私だったが、父が嘆き悲しんでいた姿を今でも覚えている。

小さな娘を育て上げなくてはならない父は、おおいに奮闘した。日々の生活に追われて必死になっている内に、いつのまにか娘の私は小生意気な少女に成長していた……というのが、父の談。

「ママのことを忘れた訳ではもちろんないけど、時間グスリとはよく言ったもんだね。思い出すと、穏やかにアルバムをめくるような気持になって、そうすると、そこにママがいる。喧嘩もいっぱいした筈なのに、いつも笑ってるんだな、これが」

父は懐しそうに目を細める。私は、追憶の中にいる彼を邪魔しないように、ただながめているだけだ。

父の仕事中、私は、彼と同じ職場で働くアメリカ人の同僚の家に預けられた。同じ年頃の子供がいるから、とその人の日本人の奥さんが、ベイビーシッター役を買って出てくれたのだ。そして、それは、私が学校に行くようになっても、しばらく続いた。小さな子をひとりで留守番させてはならない、と言ってくれた、その親切な御夫婦は、ジョーンズさんという。

交流は、数年前、ジョーンズ一家がアメリカに帰ってしまうまで続いた。絶対に会いに来て、うん、会いに行く、と固い約束を惜別の涙と共に交わした。

もしかしたら、ジョーンズさんの奥さんが父の想い人だったのではないか、と考え始めたのは、それから、しばらく経ってからだった。

七〇年代のソウルミュージックの名曲、ビリー・ポールの「ミー・アンド・ミセス・ジョーンズ」と言えば、R&B好きの親を持った私のような子供であれば、一度は聴いたことがある筈だ。今時、「ミスター」「ミセス」なんて使わないよ、という意見もあるだろうけど、サビの〈ミー・アーンド・ミセス・ミセス・ジョーンズ……〉というパートが流れると、そんなのはどうでも良くなる。すごく甘くて、せつなくなる恋を歌うファルセット。ジョーンズさん御夫婦に聴かせてもらって、いっぺんで好きになった。奥さんは、曲をかけるたびに笑いながら言ったものだ。これ、私の歌よ、と。

御夫妻が日本を去った後も、我が家では、その曲が流れていた。父が、ぼんやりと頬杖をついて聴いていて、〈ミセス・ジョーンズ……〉のくだりになると、一緒に口ずさむのだ。その様子を見て、私は、いくつかのエピソードを思い出す。まぶしそうに奥さんを見ていた父。彼女と偶然手が触れ合った時に、慌ててグラスを落としてしまった父。頬が真っ赤だった。別れの時に、涙ぐみながら彼女の後ろ姿をいつまでも見送っていた父……などなど。彼を初めていとおしいと思った。

「決めた！　私、バイトの時間増やして、これ、買う」

私の決意表明に、おおーっ、と賛同の声と拍手が起こった。

「そして、東京の大学に行ったら、このスカート穿くことにする」

寝かせて熟成させるんだー、と誰かが言って、皆、げらげら笑った。ふと、我に返ったように真琴が言った。

「でも、タミー、ジョーンズさんに思いを寄せてたのは、あんたのパパでしょ？」

そうだけど。願かけ（メイク・ア・ウイッシュ）みたいなもん？

数ヵ月後、私はバイトに励んで、ついに「ジョーンズさんのスカート」を手に入れ、そのまた数ヵ月後、東京の大学の合格通知も手に入れることになる。我ながらがんばり屋さん。自分を誉めてやりたい。後は、自分だけの「ミー・アンド・ミスター・ジョーンズ」の物語を見つけるだけだ。

MISS YOU
（ミス ユー）

トルストイは、「アンナ・カレーニナ」の冒頭で、〈幸福な家庭はどれも似たものだが、不幸な家庭はいずれもそれぞれに不幸なものである〉と書いた。

中学の頃、その一文を岩波文庫で読んで、ふうん、と思った。不幸の方が幸福よりヴァリエーションが豊富なのか。だから、文学全集に登場する人々の多くが不幸せな運命を辿るのか、と。文学と不幸は、お似合いなんだな、とも。

しかし、それから数十年もの時を経た今、私は、こう訂正したくなるのである。幸福な家庭だって、いずれもそれぞれに幸福なものである、と。何を幸福と受け取るか、あるいは、何を不幸ととらえるか、は、人の数と同じくらいに多様だ。他人から見た幸福も不幸も、当事者がどう感じているかは、本当のところ解らない。

これは、八〇年代も後半に差し掛かった頃、私がニューヨークで見た、幸福なアフリカ系の家族の話。いや、不幸な家族の話か。私には、いまだにどちらにとらえて良いのかが解らない。あれは犯罪だよ!? と社会的生き物である自分は、訴える。しかし、別な私は、こんなふうに肩をすくめるのだ。他人の幸せをジャッジすることは出来ないよ、と。私は、正義の味方にはなれそうもない。だって、小説家だもの。

私は、その時、ニューヨークのブロンクス地区に滞在していた。パークチェスター駅から、車でしばらく行った所にある一軒家だ。郊外の住宅街によくある、道路に面した芝生の向こうにエントランスがある配置。同じような家が立ち並んでいる。

初めて訪れて夢中になったニューヨークに、今度は長期滞在してみようと目論んだのだった。しかし、ひとりきりで、ずっといるのは何とも心許ない。そこで、やはりニューヨークに滞在するという女友達のモリーと待ち合わせたのだった。

モリーと、アメリカ人の名前のように呼んでいるけれども、実は、れっきとした日本人。本名は、森田さよ子という。赤坂や六本木、そして米軍基地周辺で、いつも行動を共にしていた遊び友達だ。ちなみに、彼女は、私の本名の理紗を二つ続けて「リサリサ」と呼んでいた。「リサ・リサ&カルト・ジャム」というグループがヒットを飛ばしていたから、そうなった。そういや、あの「リサ・リサ」に似てるね、と言う人もいたが、自分では、そう思ってはいない。私は、あんなにきつい顔じゃない。

モリーは、アメリカ空軍勤務の夫の赴任先であるドイツに住んでいた。私が、ひとりでニューヨークに行くつもりだと言うと、彼女は歓声を上げた。

「なんというグッドタイミング！　実は、うち、フィラデルフィアの基地に引っ越すの！

で、その前に、ニューヨークの彼の実家に寄ろうってことになっていて……ねえ、ホテル決まってないなら、うち、泊まんなよ。積もる話もあるしさ」

「いいの？　向こうの家族に迷惑じゃない？」

私の問いに、モリーは溜息をついた。

「平気だよ。あのうち、何か変なんだよ。あんまり他の人に関心ないって言うかさ。たぶん、私とリサリサのどっちが息子の嫁なのか区別付かないかも」

「なんで？　同じアジア人だから？」

「違う。そうじゃないの。だからさ、変なんだって」

こちらとしては、願ってもない申し出だった。現在と違って、当時のニューヨークは、活気にあふれていると同時に、物騒極まりない街だった。慣れない場所で女ひとりは心細い。そう伝えると、モリーは笑った。

「なーに、かわいこぶってんの？　私は、あんたの本性を知ってるよ。自分の好奇心を満たすためなら、どんなとこにも飛び込んで行くくせに」

まあ、そうだけど。

私たちは、ＪＦＫ空港での待ち合わせに関して、事細かな取り決めをした。絶対に待っててよお～と情けない声を出す私を、モリーが、また笑う。

「リサリサ、私の顔見て、感激のあまり泣き出したりしないでよ」

泣かせてくれよー、とふざけた調子で言って電話を切った。遠く離れていても、何年もの時を隔てても、私たちのやり取りは変わらない。年を取っても愛すべきバッド・カンパニーで居続けるのだろう。

ＪＦＫ空港の到着ゲートには、モリーと一緒に黒人の少年が待っていた。私と彼女が再会を喜び合う様子を、興味津津(しんしん)といった感じで見ている。彼女の夫、グレゴリー・ヒックスの甥だという。名前は、クリス。十歳と自己紹介した。

「ブロンクスにいる間は、ぼくに頼ってくれてかまわないよ。ぼくも、やがて日本に行って、きみの世話になるかもしれないし」

「日本に行って何するの？」

「カラテ・ティーチャーになろうと思って」

「はあ。考えるな、感じろ！　とか言うやつね」

「ブルース・リーはカンフーだよ。アジア人のくせに知らないの？」

肩をすくめる私を見て、モリーが言った。

「空手の達人になって、彼のお母さんを守ってあげるんだって」

「へえ。頼もしいねえ」

クリスは得意気に胸を張った。

彼の母、つまりグレゴリーの姉のヴァネッサは離婚して、看護師として働きながら息子を育てているという。

「忙しい時とか夜勤の日とかは、実家で預かってるの。シングルマザーは大変ね。でも、クリスはこの年頃の子より、ずっとしっかりしてるから良かった。ヴァネッサの教育の賜物ね。この子が、このまま正しく成長してくれるのを祈ってる」

正しく成長……私は、モリーらしからぬ分別臭い物言いに驚いた。そして、それを伝えると、こう返したのだった。

「だって、ヴァネッサとクリスが住んでいるあたりって、ブロンクスでも特に危ないエリアなんだもの。『正しい』も『成長』も当り前のことじゃないんだよね」

なるほど、と相槌を打っていたら、何かを思い出したように身震いした。

「昔は、スリルが大好きだったけど、いつも隣にスリルがあると気が狂いそうになると思うの。そんな時、そこに銃があったら手に取っちゃうよ」

ねえ、英語で喋ってよ、と不平を言うクリスの肩を叩いて、モリーは夫の待っている車を目で探した。

グレゴリーの実家には、彼の両親の他、兄のジェラルドと妹のミリーが住んでいた。

「ジェラルドは、あんまり家にいないの。たいてい女のとこに入り浸ってる。反対に、ミリーはいつも家にいる。引きこもりなの」

ミリーは、十五歳。兄たちとは、ずい分年が離れているが、母親が違うのだそう。

「お義父さんがすっごく若い女に産ませたのがミリーなんだって。最初、その女がひとりで育ててたらしいけど、ある日、この家に置き去りにして逃げちゃったみたいよ。それから音信不通」

「引きこもりって……学校は行ってないの？」

「無理矢理行かせても、すぐ帰って来ちゃうらしいよ。全然、喋らないのよ、ミリーって。あ、リサリサが泊まる部屋、階段をはさんで向かいだから、観察してみたら？」

「観察って……まるで妙な生き物みたい」

「いや、妙なんだって、マジで」

　案内された私の部屋は屋根裏にあった。そして、モリーの説明通り、階段を上り切った両側に二つの部屋がある。居候に相応しい天井が斜めになった狭い部屋だが、小さなデスクもベッドもある。ヒーターも効いていて、そのパイプの音が旅情を引き立てていた。壁には、往年の人気黒人俳優であるビリー・ディー・ウィリアムズの色褪せたポスターが貼られたままになっていて、私は、見知らぬ人物によって残されたノスタルジーに、しばし浸った。

　好みだなあ、この雰囲気、と思った。私の趣味は、子供の頃からひねこびていて、ピカピカしたものに惹かれない。ゴージャスなホテルを舞台に、ロマンスを組み立てることの出来ない物書きなのだ。

荷物を運び込みながら、向かいの部屋を見ると、ドアが完全に閉っておらず、十センチほど開いていた。TVの音が洩れている。シットコムの人気ドラマ、「ザ・コスビー・ショー」を観ているようだ。

どのくらいの間になるかは解らないけど、当分はお隣りさんなんだもの、挨拶くらいは……と思い、そっとドアを押した。そしてすぐに、止(や)めておけば良かった、と後悔した。

目に入ったのは、ベッドの上で毛布にくるまってTVを観るミリーの姿で、それだけならよくある光景でどうと言うこともないが、私を困惑させたのは、彼女が指をくわえていたことだ。それも、親指を根元まで。その仕草をするには、十何歳かは年を取り過ぎていた。

ミリーは、私に気付いてこちらを見たが、親指を口から出すことはなかった。

「ハイ。私はモリーの友達で、リサ。今日から、そこの部屋に……」

自己紹介を始めたが聞いているようには見えない。すると、家の説明をしようと階段を上がって来たグレゴリーが、私の背後から叱りつけるかのように注意した。

「ミリー、お客さんが来たらどうするんだっけ!?」

ミリーは、嫌々ながら、というふうにのろのろと起き上がり、ようやく手を口許から離して、私の方に差し出した。握手をすると、濡れた彼女の親指が私の手の平を滑った。

ごめんね、とグレゴリーは気まずそうに笑った。

「妹は、少し内気なところがあって」

内気ねえ……と、私はひとりごちた。親指をくわえたまま私を見た様子は、何か、ものすごく不貞腐れているように見えた。そして、あなたとは仲良くする気なんて、まったくないのよ、と言いたそうな感じ。

いきなり、これかあ、とうんざりした。でも、珍しいことじゃない。一般的にアメリカ人はフレンドリーと思われがちだけど、長年、米軍基地周辺で暮らして来た私は、明るいとは言えない人々を少なからず知っている。こんにちはもありがとうも口にしたがらない人たち。何もかもが楽しくないと顔に書いてある。

「社交辞令は、身の安全を確保する必需品なのにさ」

私の泊まる部屋にシーツやタオルを運んで来てくれたクリスに言ってみた。

「ぼくのマムも言うよ。ありがとうや、こんにちはは魔法の言葉なんだって。自分は敵じゃないって相手に知らせることが出来るんだって。それに、アイスクリームを見て、ありがとうって言えば絶対に手に入る」

クリスの言葉を聞いて、へえ、と感心した。子供のくせに解ってるじゃない。モリーの言う通り、母親の教育の賜物だ。

「良いお母さんだねえ」

「うん。自慢の母親だよ。それより、これ、これ、ありがとう」

クリスは、開けられた私のスーツケースから、いつのまにか、ＮＢＡの選手であるパトリック・ユーイングがプリントされたTシャツを引っ張り出していた。

「それは駄目」

「ちぇーっ、魔法の言葉を言ったのに」

口を尖らかすクリスを可愛いと思った。誰もが、この人懐こさを好ましいと感じるだろう。悪意というものを、まだ知らない心の綺麗な子。息子のためにヴァネッサがして来た苦労は計りしれないものなんだろう。

私とクリスは急速に親しくなった。ヒックス家に来ると、必ず、私の姿を捜している、とモリーが笑った。すっかり懐かれちゃったねえ、と。

ヒックス夫妻とは気軽に口を利けるような雰囲気にはとてもならなかったので、クリスが間に入ってくれると気が楽だった。無邪気な彼は、私だけでなく、家族全員のための伝言係として重宝されていた。ほんの数日いただけで、それが解った。彼がいないと、この家の空気は沈んだまま動かない。

モリーが「変な家」と呼んだ意味がよそ者の私にもすぐに見て取れた。この家には、団欒(だんらん)というものがないのだ。

ミセス・ヒックスは、教会の用事で不在の場合が多く、帰宅した際に大量の料理を作る。そして、それは、すべて、台所のテーブルの上に置かれ、各自、好きな時に好きなだけ温めて食べるのである。

「……なんか、家庭内バフェみたいだけど、私も食べていいの？」

「いいんじゃない？ あ、この砂肝のフライとか、おいしいよ」

モリーは平然とつまみ食いをしているが、どうも私は腑に落ちない。ミセス・ヒックスが台所に戻って来たので、慌てて、とてもおいしいです、と伝えたのだが、私を一瞥しただけで、立ち去ってしまった。

「ねえねえ、私、嫌われたの？」

尋ねると、モリーは首を横に振る。

「まさか。あ、でも、嫌ってるっていうなら、すべての人間を嫌っているのかもね。人間だけじゃなく、動物もね」

そう促された視線の先には、裏庭のポーチにつながれた小さな犬がいて、ミセス・ヒックスの振り降ろす丸めた新聞紙で打たれ続けている。

「なんなの？ あれ」

「犬の名前は、ミスユー。いつもお義母さんに、ああやってぶたれてる」

「虐待じゃない。助けないの？」

「お義母さんの犬だから触るなって言われてるの。恐ろしくて近寄れない」

黙ってしまった私を見て、モリーは言った。

「だから言ったじゃない。変な家だって。誰かが誰かに関心を持ったらいけない、みたいなの。ねえ、グレッグが移動の手続きや準備を終えるまで、まだ、しばらくあるから、二人で、マンハッタンにホテルの部屋取って過ごさない？　せっかく来たのに、ブロンクスにだけいるんじゃ気が滅入るでしょ？　ここ、駅から遠いから何もないし。危ないから散歩も出来ない」

そう言えば、私たち二人は、まだ近所にあるテイクアウト専門の中華料理屋しか行っていないのだった。刺激的なニューヨーク滞在とはとても言えない。それなのに、私は、この家にもう少しいたい、と思ったのだった。刺激、と呼ぶなら、ここには、マンハッタン観光なんかより、はるかに刺激的な何かがある気がする。

「やだなあ、物書きは。わざわざ変なとこにいたがる。ナイトクラビング、今の内にしとかないと。私、これから、すごく田舎の基地に住まなきゃならないのに」

「サウス・ブロンクスの方にクラブはないの？　ヒップホップの聖地でしょ？」

モリーは、私の呑気な問いに肩をすくめた。

「アパッチ砦からは生きて帰れないかもよ」

アパッチ砦か……そう言えば、ポール・ニューマン主演の、そんな題名の映画があったっけ。ずい分前に公開された作品だけど。サウス・ブロンクスがこの世の果てのように描かれていた。そう、「アパッチ砦ブロンクス」だ。

「まだ、あんな、なの？」

「そう。まだ、あんな。もっとひどいかもね。割られたガラスが額縁みたいに並んでて、麻薬を打つ(シューティング)連中が引っ切りなしに出入りしてるから、シューティング・ギャラリーって呼ばれてる。グレッグのお兄さんも、時々行っては、客を紹介して小遣い稼ぎしてるみたいだけど、私は絶対に近寄りたくないよ。シティの浮かれた場所で遊びたいの」

郊外の人々は、マンハッタンのことを「シティ」と呼ぶ。私の住む福生(ふっさ)の住民が、都心に行くのを「東京に行く」と言うのと似ている。

その晩、クリスに、ブロンクスの治安について尋ねてみた。彼は、私の部屋に来ると、いつも、ガラクタ同然の映りの悪いTVのチャンネルをKISSという音楽専門のラジオ局に合わせて聴いている。たいていは、靴のままベッドに寝転んでいるが、時には踊ったりもする。退屈しのぎという感じだが、彼も、この家には居場所がないのだろう。私も同じだ。居候の分際で部屋まで与えられているのに身の置き所がないなどと言うとばちが当たりそうだが、ここは不穏だと私の中の何かが告げている。通りの殺伐とした雰囲気よりも、はるかに。

「ぼくもクラブに行きたいよ。その内、きみを連れて行ってあげる……まあ、数年かかるけどね。ああ、ずっと子供で生きて来て、今も、まだ子供だなんて、ぼくは、不運だね」

「すぐに二十一歳になるって」

「早く大人になって、好きな人と好きな場所に行けるようになりたい」

そう言えば、と私はクリスに、ミリーは、いつも、ああなのか、と尋ねた。

「うん。いつも部屋でＴＶを観てる。でも、時々、ポーチに行って、グランマの犬と遊んでるよ」

私が知りたかったのは、向かいのミリーの部屋に他の人間が出入りしているのかどうかということだ。彼女の部屋のドアは、いつも少しだけ開けられている。故意に覗く訳ではないが、時折、中の様子が目に入ることがある。いつものように、親指をくわえてＴＶ画面を見詰めている。けれど、その日、私が見たのは、何とも奇妙な彼女の姿だった。

ミリーは、頭に、生まれ立ての赤ん坊が着けるようなヘッドバンドをはめていたのである。スポーツの観戦席などで、若い夫婦の抱く赤ん坊の頭にリボンの付いた水色のヘッドバンドが巻かれているのを見たことがある人も多いだろう。赤ん坊の愛らしさを引き立てるそれを真似しているのか、日本でも時折見かける。

あれは、実は、アメリカの風習で、結婚式に花嫁がウェディングドレスの下に着けるガーターベルトなのである。

未婚の女友達に並んでもらって、花嫁が花束を投げるブーケトスは、日本でもよく行なわれるが、アメリカでは、花婿にもガータートスというしきたりがあるのだ。

招待客の輪の中に置かれた椅子に花嫁を座らせ、花婿がその前にひざまずく。そして、ドレスの裾から頭を入れて、口で妻となる女のガーターベルトを片方だけ外すのだ。それに手間取る様子を見て、皆、冷やかし放題。ようやく成功すると、拍手喝采。今度は、独身男たちが列を成して、花婿が投げるガーターベルトの争奪戦になる。その結果、晴れてそれを手に入れた男と、既に花嫁が投げたブーケを自分のものにしていた女は、めでたくカップルに……とは行かないようだが、その日の余興に花を添えた功労者たちとして、ねぎらわれるのである。

このガータートスの後、花嫁のもう片方の足に着けてあったベルトは、魔除けとしてやがて生まれる予定の赤ん坊の頭にはめてやるために取っておく。マザー・グースの歌が由来となったサムシング・ブルー。花嫁の清らかさと誠実な愛情を表わすその色が、愛するベイビーを邪悪なものから守るという訳だ。

私が、ブーケトスに続くガータートスを初めて見たのは、横田基地のバンケットルームで行なわれたモリーとグレッグの結婚式の時だった。グレッグの親族はひとりも出席していなかったけれども、仲間たちの心からの祝福は感動的で、私は、少し泣いた。

そう、何もおかしくない。ガーターベルトが頭を飾っていても。ただし、それが、赤ん坊であれば。

「ねえ、クリス、私、たまたま、ほんと、たまたま見ちゃったんだけどさ、ミリー、花嫁のガーターベルトを頭に着けてたよ」

覗き見した訳じゃない、というニュアンスを滲ませて聞いてみた。しかし、クリスは、それには答えず、急にぼんやりとした調子になって言った。

「さっき話してた南（サウス）の辺の治安だけどさ、ぼく、生まれた時からずっとあそこだからよく解んない。ブロンクス自体からほとんど出たことないし、たまにシティに住んでるマムの友達の家に連れてってもらうけど、すぐ帰りたくなっちゃう。呼ばれてるみたいって言うか……」

「呼ばれてる？　何に？」

「うーん、この家？　ぼくは、自分ちのアパートメントより、ここが好きだよ。きみが来て、もっと好きになったよ」

「うわっ、女泣かせ（チック・マグネット）の台詞だね」

……などと、十歳の子供相手に、こんな会話を交わしていても見聞は広められないのでグレゴリーの許しを得て、モリーと私は、マンハッタン、いや、彼らの呼ぶところの「シティ」の夜を満喫するために着飾って出掛けたのだった。

「リサリサ、解っていると思うけど、ぼくの妻に引っ掻き傷ひとつでも付けて帰って来たら許さないよ」

グレゴリーは、車で私たちを送りながら、しつこくしつこく注意事項をくり返し、私をうんざりさせた。モリーは、ベイビー、私ほど注意深い妻はいないわ、と甘ったるい声で囁いていたが、私は、この女のかつてのワイルドスタイルを嫌というほど見て来ていた。

貞淑という言葉は、ステディな男の家に保管して置くものだと思っているのだ。

いや、しかし、さすがにもう結婚したのだし、グレッグの心配も杞憂に終わるだろう。そう思っていたのだが、やはり、そうはならなかったのである。

当時、ナイトクラブシーンを席巻していたピーター・ガティエンの経営するライムライトやパレィディアム、トンネルなどの有名どころをはしごして、疲れ切った私たちは、暖を取ろうと深夜のマンハッタンを歩き回っていた。凍えそうだった。帰りの足を確保しておかなかった自分たちは間抜けだったと後悔していた。雪が降り始めていて、キャブが全然停まってくれないのだ。

「ひもじいよー。腹へったよー。凍死するよー」

「取りあえず、どこかのバーかダイナーに入って、おなかに何か入れなきゃ」

クラブキッズの出立ちでは、とても足を踏み入れる勇気のない高級ホテルの前を通り過ぎながら、私たちは互いを励まし合った。このまま歩いていたら行き倒れる、と本気で思った。

と、その時、ホテルの玄関にいたセキュリティが小走りで追いかけて来て、私を呼んだのである。リサリサ、と。

最初は誰だか解らなかったが、その黒人男性の愛嬌のある笑顔を見ている内に思い出して声を上げた。昔、付き合っていた男の友人だった。フレディといったっけ。確か赤坂のアメリカ大使館で働いていた筈だ。

「驚いた！　まさか、こんなところで再会するとは」

「スモールワールドとはこのことだね」

私たちは調子良く「会いたかった」とくり返し再会を喜んだ。そして、フレディにモリーを紹介した。彼は、照れ臭そうに、しかし、とても大胆に両手を差し出して、彼女の右手を握った。何故かそのまま離そうとしない。

私は、フレディが、一瞬にして、今夜、自分のものにすべき女を見極めたのが解った。この人、古い知り合いの私とは別の生きものを見る目でモリーを見ている。突然、雄になっちゃった。

モリーは、というと、彼女も同じなのだった。眠っていた雌の本能が呼び覚まされたのか、まばたきすらせず、瞳を潤ませて、フレディの視線を受け止めている。

あーあ、と思った。こうなったら私、お呼びじゃないよね、と口にするまでもなく、二人は、こちらを無視して、勝手に目と目で同意したようだった。そして、もうじき仕事が終わるというフレディの言うままに、角を曲がった所にある終夜営業のコーヒーショップで彼を待つことになったのである。

少し経ってやって来たフレディは、私のためにタクシーを呼んでくれ、自分の運転する車でモリーを連れ去った。朝までには送り届けるから、と彼は約束し、隣の女は、うっとりとした表情のまま、私に向かって拝むように両手を合わせる。詫びてるつもり？　勝手にしてくれ。

モリーに渡された合鍵を使って、私は、音を立てないように、ヒックス家のドアを開けて中に入った。出て行った時は、ドラマクィーンか何かのような気分だったのに、戻って来たら、まるでコソ泥みたいじゃないか。私は、自分勝手な女友達に心の中で悪態をつきながら、階段を上った。

ミリーの部屋は例によって、少しだけ開けられていた。そこから点けっ放しのＴＶの明かりが洩れている。彼女は、一日中、ＴＶやラジオを切らずにいて、その音は時々、向かいの部屋にいる私の耳を煩わせるほど大きい。それは、たいてい真夜中なので、苦情を訴えるべきか否か迷うのだった。しかし、友好的とはとても言えない人間相手に、ますます気まずくなるようなことはしたくない、と毎回我慢してしまうのだった。

けれども、今夜は、低くＴＶの音が聞こえて来るだけだ。良かった、と思った。このまま疲れ切った体をベッドに横たえて、何も考えず眠りに落ちたい。

欠伸（あくび）をしながら、ゆっくりと階段を上り切ろうとする寸前のことだった。私は、ミリーの部屋から漂って来る異様な気配に気付いて動きを止めた。中から激しい息づかいと唸り声のようなものが聞こえて来たのだ。

私は、壁に張り付いたきり動けなくなってしまった。誰か、いる！　そして、その誰か、とは……男だ。

男は、低い声で囁いた。

「ベイビー、これ、これが恋しかったんだ」

女の溜息が、それに答えた。

「私も、私も、これがなくて寂しかった」

その後に続いた〝ダディ〟という呼びかけに、すっかり動転してしまい、私は、自分が何をしようとしているのか解らなかった。ただ、止めさせなくては、という思いだけが頭の中をぐるぐると回っていて、我知らずドアに手を当てていたのだった。そして、それを押そうとした、まさにその時、背後から私の肘をつかんで引き離そうとする者があった。

我に返って後ろを窺うと、クリスがいて、唇に人差し指を当てて首を横に振るのだった。そして、私の腕をつかんだまま、そっと向かいのドアを開けた。私は、彼に促され、忍び足で自分の部屋に戻った。目のはしに映ったミリーの額のガーターベルトの残像がいつまでも残ったままだった。

何とかしなきゃ！　と、声を潜めて私は言った。すると、クリスは、何とかって？　と尋ねる。

「警察に届けるとか、彼女を病院に連れて行くとか……」

「そんなことしたって、どうにもならないよ。二人共、そうしたくてやってるんだ。それが幸せなんだ。警察に通報しておじいちゃん（グランパ）が連れて行かれちゃったりしたら、この家のバランスが崩れて、みんな不幸になる。ミリーだって……」

　私が目で問いかけると、クリスは、驚いたことに、嗚咽しながら続けたのだった。

「ミスユーの代わりになるかも解んない。ここの家は、これでいいんだ。これで幸せなんだ」

　ミスユー！　おまえみたいな馬鹿犬は、こうしなきゃ駄目なんだ!!　そう怒鳴りながら、ミセス・ヒックスは犬を叩いていた。あまりのひどさに、見かねて一度、モリーがこっそり首輪を外して逃がそうとしたそうだ。

「でも、家の外に出ると、すぐに戻って来ちゃうのよ。そして、お義母さんを見つけて飛び付いて尻っぽを振るの。調教されちゃったのかしら。だったら、あのままが良いのか、なんて思ったのよ」

〝miss〟とは、人や物の不在に気付いて寂しく思う時に使われる単語だ。離れている恋人同士なら、何度もくり返し「ミス　ユー」と伝え合う。あなたが恋しい、と。そして、ようやく会えたなら、「ミスト　ユー」と、相手が不在だった過去に今の喜びを引き立てさせる。

「ここの家の魔法の言葉ね」

「え？　何？」

「ミス　ユー」

あの父娘は、私の不在を待ちわびていたのか、と思うと胸がむかついた。父が娘に……と想像すると怒りも湧いて来た。それなのに私は、正しい行動を起こすことが出来なかった。その勇気がなかった。歪んだ幸せの傍観者のまま逃げ出したのだ。

翌日、私は、モリーにことの顛末を話さないまま、グリニッジ・ヴィレッジにほど近いホテルに移った。

ヒックス家を出る時、見送ってくれたクリスは、心許な気な表情を浮かべて、もう、きみ（ミス）が恋しい（ユー）よ、と言った。私もよ、と返した。

あんなに気が合って、永遠に続くだろうと思っていたモリーとの付き合いは、彼女が子育てに忙しくなり始めたあたりから途絶えた。もう「ミス　ユー」と言い合うこともない。彼女からの最後の電話で、クリスが母と暮らすアパートメントの側（そば）で、ギャングスタの抗争に巻き込まれ、銃で撃たれて死んだのを知った。まだ、十八歳と三ヵ月だったという。ヒックス家に向かうところだった。

参考資料「アンナ・カレーニナ」（中村融訳、岩波文庫）

ジョン&ジェーン

ジョンが、あまりにも何度も何度も、死にてぇ死にてぇと訴えるので、うっとおしいなあとうんざりしていたのですが、その内バスタブでうたたねしてしまったのを幸いに、力を込めて彼の頭を沈めて溺死させてやりました。

湯の中で目覚めたジョンは、驚いたように私を見て、口からボコボコと空気を出しながら、もがいていましたが、やがて動かなくなりました。まばたきもしなくなり、ばたつかせていた手足も静かになったので、ああ、息を引き取ったのだなあ、と解(わか)りました。

「ジョン」

私は呼びましたが、もう返事をすることもないようです。最期にぬるま湯の中から見た私の姿はどんなだったんでしょうか。太陽の熱で温まった夏の海で立ち泳ぎしていたジョン。あの時、波をかぶりながら、私を見て手を振っていた。世の中に付けられた垢を、すべて洗い流せたようなあの瞳。その視線の先には、私がいた。

そして、ほんの数分前の死ぬ間際も私を見た。その見開いた目。水を通して見た私はどうでしたか。海では言ったよね、可愛いジェーン。そう言って、海水が目に染みるのか、手でごしごしとこすった。

動かなくなったジョンを見ていたら、何だか寂しくなってしまい、私も裸になって、彼の横に滑り込みました。そして、彼の半身を起こして、髪や体を洗ってやりました。あの世に行くには、清潔にしていなければなりません。

タオルで、ゆるゆると洗っている内に、私の目から涙が落ちて来ました。ジョン。もう一度呼びましたが、やはり、彼は応えません。私をジェーンと呼んでくれる人はいなくなってしまいました。

ジョンの本当の名前は、伊藤左千夫といいます。知り合いは、皆、サッチーと呼んでいるみたいですが、彼は、そう声をかけられるのが大嫌い。愛想笑いを浮かべた後で、私の方を見て吐き捨てるように言うのです。ちっ、こんな名前付けるからだよ、あのババァ。

この、ババァとは、年のいった女の人のことではなく、文字通りジョンのお祖母(ばあ)さんを指しています。もう亡くなりましたが、彼を育ててくれた母方のお祖母さんは、字ばかりのお話の本が小さな頃から好きな人でした。そういう人を、昔は、文学少女と呼んだそうです。

文学少女だったジョンのお祖母さんは、伊藤左千夫という人の書いた「野菊の墓」という小説が大のお気に入りでした。何度か映画化されましたが、特に、松田聖子が主役を務めたものが良いと言っていたとか。引き裂かれた少年と少女の一途な想いを描いた作品で、やっぱりというか、女の子の方は死ぬ。あの時の聖子ちゃんがいじらしくてねえ、とお祖母さんは言っていたそうです。

で、伊藤左千夫自身に傾倒していたから、ジョンを左千夫と名付けたのか、というと、そんなこともなく、娘夫婦に名前を付けてくれと頼まれている時に本棚をながめていたら、その作家の名が目に飛び込んで来たらしい。うち伊藤だし、左千夫でいっか。そう閃いて、孫の名に決めたそうです。

「なんか、昔、お騒がせで有名だったサッチーっていう野球監督の奥さんがいたらしくてさ、中学の先生とかが、おれのことそう呼び始めて、そしたら、それがニックネームになっちゃって……東京に出てからは、普通にイトーちゃんとかだったのに、歌舞伎町でばったり同級生に会っちゃって、おっ、サッチーじゃん？　て声をかけられて、またサッチーに逆戻り。ほんと、やだ」

そんなふうにぼやくので、私が新しい名前を付けてやったのです。その名も、

「ジョン・ドウ」

アルファベットで書くと、John Doe。アメリカの犯罪物のドラマを観ていると必ず出て来るその名前。男の身元不明人のことだそうです。そして、女の場合は「ジェーン・ドウ（Jane Doe）」。アンケンで知り合いになった高校の英語の先生だという

男が教えてくれました。ちなみに、アンケンとは「案件」から来ていて、体を売ること。私の場合は、ショートだけと伝えたら、それは英語ではクィッキーというんだよ、とやはりその自称先生が言っていました。

「案件」を調べてみたら〈処理されるべき事柄〉とあったので笑ってしまいました。まさにそのとおりだと思ったのです。自分の中に溜め込んだ処理すべきものを抱えて、彷徨う者共が、この街にはいっぱい。

ジョンとジェーンと聞いて、いいじゃん！と感じました。身元不明の匿名カップル。なんか、すっごくクールじゃないですか。ドラマの中の身元不明人がほぼ死体のことだって気付いたのは、ずい分後でした。

「野菊の墓」の主人公の政夫は、大好きな従姉の民子に向かって、野菊のような人だ、と言うそうです。

「そしたら、民子は政夫のことを竜胆のようだって返す訳よ」

「読んだの？」

「ばあちゃんが言ってた。なんか、この二人、可愛くねえ？おれ、こういうのに弱くってさ。キュンキュンするよね」

「へー」

可愛いのはジョンの方だと思いました。彼には、そういう心の柔らかいところがある。

弱いものとか、はかないものに心惹かれてしまう習性。そんなのを、私は、彼の中に見ている。

「ジェーンは、野菊ってどんな花か知ってる？」

「うーん。仏壇に供えたりする菊なら知ってるけど……それ、野生の菊？　群生してるのかな？」

「かも。おれ、時々、想像してみるの。見渡す限り広がっている満開の野菊を。あ、じゃあ、竜胆は見たことある？」

「あるよ。昔、遠足で見た。紫色の秋の花。鐘みたいな形をしてるの。でも、あれみたいな男って、意味解んない」

「おれは野菊みたいな女って、想像つく。まだ会ったことないけどな」

「まだって……この先、会うつもり？」

うん！　と何故か自信たっぷりに返事をして屈託なげに笑うジョン。馬鹿だ。

私と出会った時、ジョンは新宿区役所側の雑居ビルにある違法カジノで雑用や使いっ走りのようなことをしていました。夕方、中華料理で腹ごしらえをしていたら相席になり、どちらからともなく言葉を交わしたのです。まさか、その時には、ジョンとジェーンになるとは想像もしませんでしたが。

私たちは、しょっちゅう、すれ違って笑い合うようになりました。不思議です。それまで存在していなかった人間が、ほんのいっとき心を通わせただけで、その姿が目に入るようになる。これまで、きっと、何度も互いの側を通り過ぎていたに違いありません。でも、今、知らなかった人は知っている人になり、そして、友人めいた視線を送り合い、会話とも言えない言葉を投げながら、寝る仲になった。私は、もう、五十メートル先からでも、ジョンの姿を認めることが出来る。あの紫色に染めた髪。あ、そういや竜胆みたいだ。

ジョンは、茨城の高校を中退してから上京し、友人夫婦のアパートに転がり込んでアルバイトを転々としていたそうです。けれども、おなかの大きい奥さんの誘惑に負けてしまい、だんなさんにばれて追い出されたそう。

「あっちから言い寄って来たのに。それにさ、腹ん中の赤んぼに気い使って先っぽだけしか入れてなかったのに、ひどくねえ？」

はー、ジョンも「処理されるべき事柄」に抗えなかったんだなあ、と私は、人間の業というものを考えずにはいられませんでした。あっちにも業、こっちにも業、この世は業だらけ。その中でもジョンのやつは、一番みみっちいプチ業って感じでしょうか。

「最初は千住にいたんだけど、追い出されてから錦糸町とか北池（袋）とか転々として、歌舞伎町に落ち着いた。ここ、ほんと落ち着く。ゴジラビル出来て、若者に優しくなったわー」

そう言うジョンは、働いていたカジノの摘発を逃れて、歌舞伎町二丁目のホストクラブに籍を置いています。まだ一番下っぱのヘルプのヘルプだけれども、その内、エグゼクティブプレイヤーになってやるという野心は持ち続けているから頼もしい。

なんで高校やめちゃったの？　と尋ねたら、ばあちゃん死んだから、と唇を噛んで答えました。おれの親、二人共、最低のクソだから、と。死ぬまでは、学費もお祖母さんが秘密の貯えから出してくれていたそうです。

私は、彼の口から、給食費を払ってもらえなかった恨み節などを聞くにつけ、驚きと同情で胸が詰まってしまうのでした。

だって、私は、お嬢さん。牢獄で育った御令嬢。男子とは交際どころか、口を利いても激怒される環境で育ちました。でも、性に関しては、うんと早くから知っていた。何故なら父親におもちゃにされ続けて来たから。幼な過ぎてまだ無理みたいで、挿入こそ成功しませんでしたが、私は、知っていた。男が、どういう「処理されるべき」欲望を抱えているかを。それが、どんなに粘ついた執拗さを持っているか。私の子供時代、そして、思春期に至るまでの年月は、不快さと嫌悪を体に馴染ませる訓練の連続だったのでした。

だからでしょうか。初めてのアンケンの後、あまりの素っ気なさが、いっそ清々しいと感じたほどでした。しかも、お金だってもらえる。私が、交縁界隈と呼ばれる大久保公園付近をうろつくようになるのに時間はかかりませんでした。新宿駅前の書店で立ち読みをしていたら、親切そうなお姉さんに耳打ちされたのです。オイシイ話、聞きたくない？

と。

食べ物以外に「オイシイ」と使うのは品のない人間がすることと解ってはいましたが、私には、むしろ、そっちの方がぴったり合っていると思いました。おいしい、ではなく、オイシイ。私の育った環境には、なかったワード。

すぐに、同じくらいの年齢(とし)の子たちと顔見知りになり、オイシイ話の情報交換をするようになりました。彼女たちは、人懐こく、親切で、けれども、いとも簡単に仲間を裏切るのでした。

あの子のこと、絶対に信用しちゃ駄目だよ、と御丁寧に教えてくれる子が、実は、一番信頼出来ない、というのも学びました。はあー、世の中、奥が深いわ。勉強になります。

家に寄り付かなくなった私を巡り、うちの家族は混乱の極みに陥りました。父は、たまに私が顔を見せるたびに、勘当だ勘当だ!! とわめいていましたが、こちらが不敵な笑みを浮かべると言葉に詰まってしまうようでした。その瞬間、彼の額に立つ何本かの青筋を見るたびに、私は、心の中で毒づいたものです。今まで、おまえが娘にして来たことに、金、払え! と。

私は、トー横にたむろする子供らや交縁界隈の立ちんぼに埋没しながらも、自分の出自は違う、と自身に言い聞かせていました。何故でしょう。私は、彼女たちと同じである安心感を持つと同時に、この子らのように寄る辺ない惨めな身の上じゃない、と思いたがっていたのです。そこには、明らかに、私を支配していた父の影響がありました。路上置屋と呼ばれる中華料理屋の前に座り込んで、握り箸でカップ麺を啜っている子を見て、育ち悪いなあ、と見下してしまう時などに。

「パンツ丸見せの子に、食事マナー言うな」

そう言って私をたしなめたのは、他ならぬジョンでした。二人がその店の中で、五目そばと餃子を食べていた時のことです。ちなみに、その中華料理の店は、私たちが出会った場所。いつのまにか行きつけになりました。

「おれらが、ここの中で客になれてんのは、幸運なだけなんだからさ」

うん、と言って、私は、ジョンを見詰めました。ホストクラブで働くようになって、彼の男っぷりは増したようです。そして、人間的にも成長したみたい。元々、地頭は良い人です。さすが、伊藤左千夫。文学少女であるばあちゃんの血筋です。

「そういやさあ、ルリちゃんていたじゃん、髪、ピンクに染めてた立ちんぼの」

「うんうん。頭、弱いけど性格良かった……おれ、マックでおごってやったことある」

「あの子、この間、花道通りで倒れて死んでたんだって。グランカスタマの横んとこで」

「マジで⁉　なんで」

「さあ、働き過ぎか、オーバードーズか……」

「はあ〜、なんか女工哀史？」

ジョンが、また、ばあちゃん仕込みらしい言葉を持ち出したので、興味津津で尋ねたところ、それは大正時代の紡績工場で働く女子工員の悲惨さを描いたルポルタージュだそう。それはそれは過酷な生活だったとか。

「『あゝ野麦峠』っていう映画知らねえ？　すごい昔の。あそこで主役の大竹しのぶが可哀相過ぎて、おれ、ばあちゃんとDVD観ながら泣いたわ。働き過ぎると胸の病気になって、咳がゲホゲホ出て、死ぬかもしれないって、解った。ジェーンも、働き過ぎと咳止めの飲み過ぎだけには気を付けろ、な？　おれ、おまえ、いなくなったら、つらい」

胸が、じん！　としたのでそう言いました。すると、ジョンは提案したのです。

「おれの生まれたとこの海、行ってみねえ？　茨城。泊まりで次の日、ひたち海浜公園のシーサイドトレインに乗って、みはらしの里の向日葵を見よう？」

「それ、いい！　すごく、いい!!」

大賛成して、翌日、私たちは、もう茨城に向かっていました。電車をこつこつと乗り換えて、阿字ヶ浦まで行くのです。浜の近くの安いホテルも取れました。ちゃんと、二人きりで、清潔なシーツの上でやれるのです。ジョンは、いつも事務所や店で用意されている部屋に、何人かでシェアして住んでいましたから、私たちは、落ち着いてセックスする場所になかなか恵まれなかった。それなのに、潮風に吹かれて、あれもこれもし放題！　青い春、来たる！　そうだよね？　青春。

私たちは、海の家に荷物を置き、日がな一日、ビーチで過ごしました。砂浜でお城を作ったり、波打ち際をブギーボードで滑ったり、少し遠くまで泳いで抱き合ったり。立ち泳ぎをしながらしがみ付いたら、ジョンのあそこが勃起していたので笑ってしまいました。

「なんか、海の生物の触角みたいだね」

よせよ、と言って照れるジョンは、まるで、地道に勉強して来た堅気の人のように見えました。太客に育てようと担当して来たお客さんに飛ばれて、詐欺関係のオイシイお仕事に手を出しかけている崖っ縁の男だなんて誰も思わないでしょう。竜胆色の髪の毛も、この間、目立たないように茶色に染め直しました。私たち、このまま行ける。ごく普通のカップルに見せかけて、やがて、本物の恋人同士として世の中にもぐり込んで行ける。

ひたち海浜公園では、見渡す限りの向日葵の花を見て、ジョンは言いました。

「野菊じゃねえな、やっぱ」

私が目で問いかけると、ジョンは私の前髪をどけて、額に、そして、続けて唇にキスをしました。

「ジェーンは、向日葵みてえ。おれも同じ向日葵になって、ずっと、おまえの方、向いていたい。新宿なんかに見切り付けて、どっか行こう？　どっか、遠いとこに行って、二人きりで暮らそう？　他人がいて、ちょっかい出すから、おれら駄目なんだ。二人っきりなら、きっと上手く行く」

私は、ジョンの手で両頰をはさまれたまま頷きました。そうだね、ジョン、私たちは、二人きりが向いている。

その幸せな決意は、しかし、歌舞伎町に戻った途端に呆気なく打ち砕かれてしまったのでした。

またも仕事のしくじりを重ねて、ジョンは身動きが取れなくなり、死にてえとくり返すようになって行ったのです。売り上げのための酒量もどんどん増えました。そして、店の裏にある吐き場と呼ばれる場所に置かれた、ビニールを被った巨大な段ボール箱に半身を突っ込む毎日。見ていて、あまりにつらかった。

私は、無理矢理、ジョンを区役所通りの向こうまで引っ張って行って、ラブホテルで休ませることにしたのでした。ところが、彼は、それどころではなく、死にてえ！　をくり返すばかり。私は、ただ彼を安らいだ気持にしたかっただけなのに。聞き分けがない。言うことを聞かずに苦しがっている。

仕方ない、と思いました。私にしか出来ない方法で、彼を楽にしてやろう。そうして、私は、ジョンをバスタブに沈めたのでした。永遠の休息。それが、私からの最後のプレゼントになりました。

それから、数日、私は、アンケンに打ち込みました。ほんと、なんか、話に聞いた女工さんと一緒。そう呟きながら路上置屋に向かっていたら、ものすごくおなかが痛くなり、それでも、よろけながら歩いていたら、朦朧として来て、東通りを過ぎたあたりで倒れてしまいました。

「やだ！　この子、すごい出血してる!!」

通りすがりの人の声が降って来て、自分の足の間に血溜りが広がって行くのが解りました。子供を身籠っていたのでしょうか。誰の子でしょう。きっと、ジョンと私の魂の子ですよね。

そう言えば、彼は、私の本当の名前を最後まで知らなかった。遠ざかる意識の中で、私は、ようやく自分が、ジョンとお似合いの路上のジェーン・ドウになったのを感じているのでした。

肌馬の系譜

元始、男性は種馬であった。そして、女性は、その相手をする肌馬であった。十年ほど前、九十五歳で他界した母の人生においてはそうだった、とサト子は思う。

男に乞われるままに体を重ね、孕み、産む。そのくり返しが堅気と呼ばれる女の一生。母もそうだっただろう。男とは夫。でも、もしかしたら、夫以外の男のこともあったかもしれない。サト子には、きょうだいが沢山いる。

最近、母のキヨのことをよく考える。窓辺に置かれた籐椅子に腰をかけて、日がな一日、ぼんやりとしていると、声が聞こえて来るような気がする。

(あんたも、その特等席に座るようになったんだねえ)

そうか、もう、そんな年齢なのか。庭に面したその場所は、思い出を反芻するための特等席だ。ぎっちりと圧縮された記憶の塊をほぐすための取って置きの空間。そこで、膨大な過去と現実を交錯させることに老後を費している。サト子は、この間、七十五歳の誕生日を迎えた。

誕生会というようなことはしなかったが、子供たちとその配偶者、そして、孫たちが、入れ替わり立ち替わりサト子の許にやって来て祝ってくれた。本心かどうかは知らないけれども、長生きを喜んでもらえるのは嬉しい。まあ、もしかしたら、喜んでくれるギリギリの年齢かもしれないが。これ以上生きて介護の手が必要になったら、少しずつ疎ましがられるのだろう。もし、そうなって、その時、それに気付けるほどに頭が働いていたら、自殺しようと思う。

なーんてね、とサト子は、ほくそ笑む。せっかく誰に邪魔されるでもなく、自由に記憶の海で遊ぶことが出来るようになったのに、死んでたまるか。あー、楽しい。神経を逆撫でする夫はいないし、娘夫婦と孫が同居してくれているから、生活の細々とした面倒に煩わされるのも最小限。体のダメージも老化以外、なし。母の世代の女に比べたら、背負って来た苦労の質も量も全然違う。楽ちん楽ちん。窓辺の籐椅子で過ごす時間が増えた頃、母は、記憶の残像を貪るようにして言葉を発するようになった。そんなある時、言ったのだった。

「あたしは、肌馬そのものだったねえ……」

ずい分経ってから思い出して、競馬をたしなむ娘婿に尋ねると、肌馬とは、繁殖のための牝馬のことだとか。

「珍しいですね。お義母さんが競走馬について尋ねるなんて。さては、競馬、始める気かな？」

「まさか。だいたい肌馬が、そういう馬のことだなんて知らなかったもの」

娘婿の和巳が、色々と教えてくれた。生産牧場にとっては繁殖牝馬の存在そのものが価値であること。そして、一定の周期で発情すると、牧場の契約した場所に連れて行き、種牡馬（しゅぼば）と交尾させること。その時、真に発情していなかった場合には大暴れすることも。後ろ足で蹴ったりして高価な種牡馬に怪我を負わせる場合があるので、「当て馬」を近付けて、発情確認するとか、そんな豆知識みたいなことを。

「すごいね。和巳さん、色々知ってるのね。さすが、競馬をたしなんでいるだけある」

「……たしなむって……茶道とかじゃあるまいし、ギャンブルですよ？」

「いいじゃない。お酒だって、たしなむって言うしさ」

「まあ、そうですけど。何でも、たしなむ程度にして置く内が花ですよね」

「そうね。ね、さっき言ってた当て馬ってさ、普通に囮（おとり）みたいな意味で使うのは聞いたことあったけど、馬の世界では、発情させて確認させる役割があったなんて、驚いた」

「色々、大変みたいですよ。ミスで牡馬同士が喧嘩して、あそこ蹴られて生殖能力を失った高級馬の事件もあって。その時は責任取って、厩務員（きゅうむいん）さん、割腹自殺しちゃったりして。ソルティンゴ事件って言うんですけど」

「ええーっ、人間のセックスの失敗と違って、命がけ!?　しかも介添え役が……」

和巳が人差し指を唇に当てて、しっと言った。

「お義母さん、言葉言葉！」

サト子は肩をすくめた。自分たちの年代の女たちは、わりと躊躇なく「セックス」と口にする気がする。学生の頃など、あちこちの部室で、露骨な性的用語が飛びかっていた。まるで、そんなのどうってことない、と誇示するかのように。学生運動の余波か。はたまた、馴染み始めたロックンロールの影響か。女が男と対等であるという、おおいなる錯覚に興奮した時代。ああ、「されどわれらが日々——」よ……あの小説の中では、確か、セクスと表記していた筈（はず）……などと、彼女は、まだ十代だった頃を懐しく思い出しては、その記憶を愛でる。

「競馬に興味あるなら、一緒にやりますか？　足を運ぶのは難儀だろうから、馬券、買っときますよ」

ありがと、でも結構、と言ってサト子は和巳の申し出をにこやかに断わる。優しい義理の息子。でも、その優しさは、老人に対する気づかいと同質のものだ。楽しくない。

私はねえ、とサト子は、時々、声を大にして教えてやりたくなる。私は、ウッドストックに行くのを切望して叶わず、仕方ないから、映画で我慢して、それでも感動して、「セックス、ドラッグ、ロックンロール！」と叫んだ世代なのよ!!　三十代以上は信じるな！（ドント トラスト エニイワン オーバー サーティ）がスローガンだったんだから。ムーンライダーズのアルバム名じゃなくて、六〇年代、ヒッピームーブメントの話。ｂｙ・ジェリー・ルービンね！ anyone 付き。

など と声を大にしても、もう無駄であるのを、じゅうじゅう承知しているので、サト子は溜息をつくばかりだ。ええ、私は、ただのおばあさん。さっきも離れた所にあるダイニングテーブルで、娘の哲子と孫の美久が、ファッション雑誌を見て、笑いながら話すのが聞こえて来た。え？ それをおばあちゃんに？ いやいや、どうせプレゼントするなら、もっとシニアらしいものがいいんじゃない？ だってさ。

ばあさんは、ばあさんらしくしろ、と言われているような気がして、サト子は不満である。この間、美久は、ジム・モリスンの動画を観て、ヤバイ、最高！ と歓声を送っていたが、サト子は言いたかった。あんたのばあちゃんは、その最高の男より年下なんだよ！と。

でも、まあ、この場でぬくぬく出来ている自分に満足しておくか、とサト子は思う。これもまた贅沢というもの。

母は、この贅沢を享受するまでに、どのくらいの時を必要としたのか。自らを肌馬になぞらえた彼女。それにしても、いつ、そんな言葉を知ったのだろう。晩年、テレビの競馬中継をぼんやりながめていたのは知っていたが、動物を観るのが好きなんだなあ、ぐらいにしか思わなかった。指を差して、お馬さんは大変だね、と溜息をついていた。

サト子は、競馬には何の興味もない。ただ、何の脈絡もなく、ふっと母の声が甦ったのだ。あたしは、肌馬そのものだったねえ、と。どういう意味なんだろう、と今さら考えてみる。何だか重苦しい気持になって来る。繁殖のためだけに生きて来たということか。そして、私を含めた子供たちは、その成果だというのか。

虐げられて来た女の歴史という言葉が浮かぶ。自分の学生時代は、それらについて意見を戦わせるたびに、皆、熱くなった。私たちは、もう男の良いようにされる存在じゃない。そう息巻いたけれども、男を取り合った際、あっと言う間に宗旨変えする側に勝ち目があると学んだのも、この年頃だった。好きな男を前に、急速に媚びることを学んで行く仲間を見て、どれほど落胆したことか。

サト子は、多くの母の世代の女たちのように、自分を殺してしまいたくなかった。すべてが、男の意のままだなんて。彼女は父が好きではなかったのだった。他界するその日まで、母に対していばっていた。あの人は、娘に対しても高圧的だった。息子たちへの接し方とは、まるで違って、厳格だった。家の中の女は、皆、自分の支配下にあると信じ込んでいたのだろう。

父が母に冷たく当たったり、理不尽な命令を下したりするたびに、サト子は歯ぎしりしたものだ。あの人は、布団の中で愛の言葉を口にすることなど絶対にないのだろう。好きな時に妻の寝床にもぐり込んで、思うままに彼女の体を弄び、便利な角度に足を開かせ、自分の性器を埋め込んで行ったに違いない。

そうした末に、今、ここにいる、それが私だ、と思うと身の毛がよだつような気がする。でも、だからといって、生まれて来たくなんてなかった、なんて子供じみたことは、これっぽっちも思わない。この世に存在出来たことは文句なしに嬉しいのだ。

ただ、子供らのために、さまざまな苦労を耐え忍んで来たであろう母を思うと、何か腑に落ちない。肌馬か、とサト子はひとりごちる。母にそう呟かせた父を、彼女は、いまだ、どうしても好きになれない。

〈元始、女性は太陽であった〉とは、明治から昭和にかけ、女性の権利獲得のために活動した平塚らいてうの言葉だ。彼女が女性のための雑誌「青鞜」を創刊した時に自ら寄せたのであった。

でもね、当時、太陽でいられた女なんて、どのくらいいたかしら。もし、元始を取り戻して太陽になれたとしても、その光は、男を照らすために使われたんじゃないかしら。そして、その男たちに孕まされた子らを。大昔の女たちは、太陽光に似たものを自家発電するのに、きりきり舞いさせられていた筈。意識を高く持つ環境をあらかじめ失われていた多くの女たちはね。はー、なーんか、腹が立つ。でも、ここに座って好きなだけ怒りに身を浸せるのは悪くない。脳内スクリーンで、「フィルモア・ラストコンサート」でも観ようっと。昔、グレイトフル・デッドのジェリー・ガルシアと結婚するのが夢だったのよ。私と出会わないまま、わりに早く死んでしまったけどね。お気の毒。

サト子は、自分の心の中の声を絶えず流しっ放しにして、その洪水の中で浮き沈みしながら生きている。


「そういや、もう、しばらく前のことになるけどさ、お義母さん、おれに、肌馬について聞いて来たんだよ」

居間のソファでくつろぎながら、哲子の夫の和巳が言った。競馬中継を観ていて思い出したらしい。

「肌馬？　何、それ。馬油（バーユ）とか、そういうのの種類？」

爪の手入れをしながら、どうでも良いように尋ねる妻の言葉に和巳は苦笑した。

「違うって！　種馬って解（わか）るだろ？　優秀な競走馬を産ませるために、牝に種付けする牡馬。その相手をする牝馬のことを肌馬という」

「へー」

「へーって、全然、興味なさそうだな」

「競馬、好きじゃないもん」

「馬は好きじゃなくても、お義母さんは好きだろ？」

哲子は、窓辺に目をやった。小さな板の間のスペースに置かれた古い籐椅子に、母のサト子が腰を下ろしている。瞼は閉じているが、眠っているのかどうかは解らない。

七十をいくつか過ぎてから、母の老いる速度が急に増した気がする。同じ場所で考えごとに耽るかと思えば、いつのまにかうたた寝をしている。昔のうるさいくらいに話し好きだった頃とは大違いだ。たびたび娘夫婦の会話に口をはさんで鬱陶しがられていたのが嘘のようである。母との会話は、お喋りというより議論の前触れのような様相を呈して来るのが常だったから、哲子は用心して話題を変えたり、用事を思い出したふりをして席を外したりしていたが、元来お人好しで、義理の母を無下に出来ない和巳は、逃げ出せないまま話し相手になり、短くない忍耐の時間を強いられたのだった。

あの頃を思うと、やはり、今、何か物足りないような、少しばかり寂しい気分になるのである。いや、好もしい平和な毎日ではあるのだが。

両親は、何かにつけ言い争いばかりしていた。父は、哲子が高校生の時に家を出て行った。外に若い女を作った彼を母が追い出した形だ。でも、その女は、別れる引き金に過ぎなかったと思う。二人は、決定的に合わない男と女だった。それなのに、どういう訳かくっ付いて、自分を含む子を三人も生した。若かったから見る目がなかったのよ、とは、母の言い訳だったが、そういうことを娘の前で愚痴る親も人としてどうかと思うのだ。

私、あなたの見る目のなさから選ばれた男の、これでも一応、娘なんですけど。心の中で呟いてみる。声に出したりすると、また面倒臭い反論が始まるので、哲子は気を付けている。親にこういう言葉を使うのはどうかとは思うが、母は「口答え」が過ぎるのである。

そんな母に悪しざまに言われ続けた父だが、哲子は、実のところ嫌ではないのだった。少々、唯我独尊なところはあったけれども、それは、自分自身の性質から滲み出るものであった。「ぼくは、そう思わないな、何故なら……」で会話をつなげる彼は、鬱陶しかったけれども、主語は、いつも「ぼく」であって、「男」ではなかった。

それなのに、母の記憶は改竄されてしまっていて、パパは、いつも、高飛車に「男はそういうもんじゃない」とか言ってたのよ、などと口にする。自分の嫌いな人種のカテゴリーに入れて安心していたのだ。ママ、それは違うよ、と哲子は、いつも訴えたかった。私の父は、「男として」、ではなく、「自分として」言わせてもらいたいことを、口にしていただけなのだ、と。

父の悪口を言う時、母は、いつのまにか男全般について語ってしまっている。さも憎々し気に、男ってもんはねえ、と話し始めるけれども、その男は、自身の父であり、夫のことなのである。どうして、おおざっぱにまとめちゃうの？　と哲子は呆れたものだ。

おじいちゃんがママにとって嫌な父であったり、パパがママにとって憎い夫であったなら、そのことに対する正確な悪態をついたら良いのに、と哲子は不服である。彼女は、祖父も父も、全然嫌いではなかった。

反面教師として母を見ていた訳ではないが、時代のせいもあって、哲子は母とは、まるで違う学生時代を送った。派手で華やかで、万能感に満ちていた。都会にはおめでたい勘違いが蔓延していた。特に女たちの間には。

車で送り迎えをしてくれる男はアッシーで、ごはん奢ってくれるのはメッシーって呼ばれたんだよ、と娘の美久に言ったら驚愕された。そ、その言葉のセンス、信じられない、だって。

そう。世代が違うと、理解しがたい言語感覚の壁を感じる。哲子も若い娘たちがいそしむ「パパ活」なんて言葉を耳にすると、おえっとえずきたくなる。自分たちが若かった頃は、年上の人たちのブームだった「愛人バンク」や「夕暮れ族」なんてネーミングにぞっとしたっけ。そういや、援助交際なんてのが高校生の間ではやったこともあった。色々な呼び名が出ては消えたが、やってることは、どれも同じ。若い女の肉体と、それが醸し出す若いニュアンスが生み出す、若くない男が顧客のマーケット。

ここで、昔の母なら、許しがたい！　どん!!　と机を叩くところだろうが、哲子は、そんなふうには思わない。ギヴ・アンド・テイクが成り立っていれば、当人たちの勝手ではないかと、バブルの時代に乗せられて踊らされた身としては、苦笑してしまうのである。

自分たちは、踊っているのだと信じていた。しかし、踊らされていただけだった。そして、踊らせていたのは、手の届かないもっと大きなもの。それが崩壊して初めて、自分たちのまわりのギヴとテイクを結ぶ等式が、まやかしであったと悟ったのだった。

哲子の知り合いで羽振りを利かせていた何人かが行方知れずになった。自死した者もいた。彼女はようやく気付いたのだ。自分の身になる男を選ぶべきだ、と。この場合の「身」とは、栄養素のこと。体も心も両方が欲するものを指している。幸せには、自分だけの価値基準で選んだそれが必要だ。まだ遅くない。よし、手に入れる！

そう決意を新たにした途端、和巳の存在に気付いたのだった。

あれ、ここにいたんだ！　灯台下暗しじゃん!!　と感じたと伝えたら、和巳は怪訝な表情を浮かべて言ったのだった。

「自分、前からいますけど？」

あ、そうだった。精力旺盛で、ぐいぐいと押して来る種馬タイプでもなく、女たちの間をひらひら彷徨って粉をかけて回るバタフライと呼ばれたタイプでもなく、ラヴゲームを仕掛けて遊ぶプレイヤータイプでもない人。それが和巳だった。

「おれ、哲子さんの当て馬だったんだよねー」

今頃になって白状するとは、どういうつもり？　哲子が、問いかけると、和巳は、懐しそうに目を細める。それ、いわゆる遠い目ってやつ？　青春をいとおしむためにする気恥ずかしい条件反射。

「そりゃ、懐しいよ。ほら、あの頃、一番、でかい顔してた松下っていたじゃん？」

「あー、六本木はおれの庭とか言ってた……でも、あいつ、Jトリップで常連に無視されてたんだよ」

「松ちゃん、哲子さんのことが好きだったんだよ。で、自分のこと、どう思ってるか探って来てくれ、とか言われて。おれ、一時、哲子さんに、すごいアプローチかけてたでしょ？」

「覚えてない」

和巳は、わざとらしくうなだれて見せた。哲子は、本当に覚えていないのだった。彼を男として意識したのは、バブルの狂乱が過ぎ去った後なのだ。

「松ちゃんは、親しくなったおれに心許して安心した哲子さんを、横取りするつもりだったみたいだよ」

「へー、やだよ、あんなかみしもみたいなスーツ着た奴。全然、似合ってなかった」

「うん。それが解ったので、おれは、壁と同化して目立たないようにして、機が熟すのを待ったんだ」

「は？　何それ？　忍者ハットリくん？　忍法かくれ蓑？」

「まあ、そんなもん」

「それに、機が熟すってどういう意味？」

「当て馬から種馬に変身する好機ってことかな？」

そうだった。まさか、彼が隠れ種馬だったとは。しかも、自分専用の。私は、幸運だったのかもしれない。

哲子は、当時を思い出している。肌を露出して、体の線があらわになるドレスに身を包んで、男を挑発していた女たち。自らを高嶺の花に見せることに必死だった。あの時の高嶺は、本来の意味とは違う。ちょっとやそっとじゃやらせないってこと。もちろん、セックスを、だ。欲しいでしょ、でも、私、お金がかかるのよと言わんばかり。選ぶのはこちら側。誰でもない、この私。そんな表明のための振る舞い。

女の欲望がいっきに解き放たれたように見えた。でも、見えただけ。彼女たち自身も思い違いをした。ようやく自由を手にしたのだと。男が女を好きにするように、女も男を存分に手玉に取れる、と。

でも、結局のところ、女は、選ぶ側ではなく選ばれる側のままだった。ボディコンシャスなドレスは、解放の象徴などではなく、男に値踏みさせるためのコスチュームに過ぎなかったことを、はじけたバブルが暴いてしまったのだった。

知り合いの女たちは、あっと言う間に生活スタイルを変えた。保守に鞍替えしたのだ。家庭の幸せを守るのが一番と言い放ち、男に養なわれる道を選んだ者たちは多かった。身に付いた贅沢を削ぎ落とすようにして堅実を学び直すさまは健気ですらあった。

「皆、昔話みたいに、あの頃の話をすると、遠い目になるの。さっきの和巳くんみたいに」

「おれ、経済的には、たいして恩恵をこうむってないけど、哲子さんと結婚出来たから、バブルもバブル崩壊もラッキーって感じ」

この独自の楽観が、和巳と結婚しようと決心した理由だ。自由とか、平等とか、経済とか、思い煩う必要なんて、何もない。当時、はやった「勝ち組、負け組」なんて価値観など、みじんもない。ただ普通の生活の喜びが常に漂うに違いない。何が普通かは、私が、私の家族が決めること。

そう考えて、哲子は、和巳のプロポーズを受け入れた。

出会った頃に隆盛を極めていた、お洒落なカフェバーなんかではなく、中央線に大昔からある古びた喫茶店の片隅で。

有線で歌謡曲が流れていた。中森明菜の歌声が耳に響いて、哲子と和巳は共犯者のような目配せを交わす。曲のタイトルは「原始、女は太陽だった」。

バブルがはじけてから、数年が経っていた。


「ねえねえ、さっきから種馬とか肌馬とか言ってるの聞こえて来たけど、何について話してんの?」

居間に続く食堂から、哲子の娘の美久が声をかけた。彼女は、婚約者の直人とダイニングテーブルで向かい合い、旅行の計画を立てていたのだった。

「やーだ、盗み聞きして」

「盗み聞きじゃないよ。勝手に耳に入って来たんだもん。種馬とか当て馬ってのは知ってるけど、肌馬ってのは初めて聞いた」

「ぼく、古井由吉さんの文章で読んだことあります」

そう口をはさんだ直人は、予備校の講師をしている二十八歳。美久とは、大学のサークルで知り合った。最初は、先輩後輩の間柄として距離を置いていたが、親密になるのにさほど時間はかからなかった。

二人が婚約したと伝えると、和巳も哲子もたいそう喜んだ。穏やかな直人の性格は気に入られているようで、家に招かれることもしょっちゅうだった。

直人くんは性格がいいねえ、とか、美久のこと大事にしてるのが伝わって来るわ、などと両親が嬉し気に話しているのを耳にして、当の美久は彼ら以上にほっとした。

結婚するのに直人ほど相応(ふさわ)しい男はいない、と美久は出会った時から感じていた。愛情深く、博識で美形。しかも、控え目な心優しきゲイなのだ。風太という想い人がいるとはいえ、まさに、自分のために存在しているとしか思えない。

美久は、異性に対して性欲を覚えない。それでは、同性にはどうなのか、と問われると返答に困る。食欲のように湧いて来る性欲はほとんど、ない。だからと言って、他人の体に触れるのが嫌という訳でもない。親しみを感じながら抱き合ったりするのは大好きだ。男が好きか、女が好きか、と聞かれても。そういう選択肢から人を見ないので、答えようがないのである。性別、意味ない。しいて言えば、自分好き、だろうか。どんな人が好みかって？　彼女は、「私を好きな人」が好みなのである。

そんな美久にとって、両親の口から出る若い頃の思い出話は、何とも生々しい。バブルの絶頂期には、種馬と当て馬と、牝馬（肌馬というのは今日初めて聞いた）しかいないのか……と呆気に取られてしまうのである。いや、本当は、自分のような、そして、直人のような人種もいた筈だ。でも、ないことにされていた。いや、直人の友人の通い詰めるゲイタウンでは、それなりに性欲を原動力とした喜びの世界が昔も今日も変わらずくり広げられているらしいが。

美久と直人の付き合いは、世の中で言うところの恋人同士にしか見えないから、二人を知る人には、たびたび尋ねられた。ねえ、結婚しないの？　と。うんと親しくて事情を知っている人たち以外は必ず聞いた。適当に返事をしていたのだが面倒臭くなって、婚約した、と言ったら、どんどん話は進んで本当になった。ま、それも良いかもね、と言う美久に、直人は微笑んだ。まあ、そうだね。ソウルメイト契約みたいなもんかな。

ソウルメイトが何故契約に縛られるか！　そんな矛盾を突きたい気持にもなったが、止めといた。丸く収める。それが、私たちの信条。

ところが、である。婚約したらしたで、さらに鬱陶しい質問攻めに遭うようになった。へえ、結婚するの？　で、お子さんは何人くらいの御予定？

なるほどねー、と美久は溜息をつく。やはり世間は、種馬肌馬予備軍と目した者たちを放って置かない。人間は、野生の馬ではなく、ランクが上の競走馬であるという認識。血筋は大事。その世界からこぼれ落ちたら、馬刺への道を進むのみ。あ、桜鍋というのもあるか。食用でもお役に立てなくなったら、後は荷物でも運ぶか。それも叶わなくなったら、果ては、死を待つばかり。

「ぼく、別に、馬刺になってもいいかな。いっそ、好きな男の好物として生涯をまっとうしたい。尻尾の毛は美久ちゃんの靴ブラシにするといい」

こそこそと耳許で囁く直人の唇に、美久は慌てて人差し指を当てて黙らせた。

「なあに？　相変わらず仲が良いのね」

母の哲子が二人に微笑まし気な視線を送って、言った。美久は一瞬なごんだが、母は、こう続けて、彼女をうんざりさせるのである。

「子供、作るんなら、なるべく早い方がいいよ。産むのも育てるのも体力いるからね」

美久も直人も子供は好きである。どうしても欲しくなったら、養子を受け入れようかと話し合ったこともある。しかし、それを言うと、母は顔色を変えた。

「何、言ってんの？　自分たちの血を引く子を見たくないの？　って言うか、私に孫の顔を見せてくれないつもり?」

やれやれ、と美久は肩を落とした。バブル華やかなりし頃の自分のドラマクィーンぶりを散々語っていたくせに、突然、旧態依然にスウィッチする。

「お母さん、肌馬の幸せを知ったんだね」

皮肉である。でも、通じない。

「そう、私は、あんたのお父さんだけのための肌馬なの。そうなれて幸せだった」

「やめろよ、哲子さん。照れるじゃないか」

美久は、両親のやり取りに、げっとなりながらも考えた。自分は、こういう陳腐な幸せの産物なんだなあ、と。昔、散々遊んだと自慢する周囲の大人たちは、ほとんど、こうなる。もう遊び引退したから、と世間さまの作る世界に入って行くのだ。二十歳で引退する田舎のヤンキーとおんなじではないか。暴れ馬のまま一生を終えられないのは、体力的な問題か。

「おれが肌馬なんて言葉を出したから、なんか、話が馬の方に寄せた感じになっちゃって悪い」

「和巳くんは悪くない!　女の本分は、肌馬よ!!」

と、その時、窓辺で、うつらうつらしていたように見えた祖母が突然立ち上がった。その勢いで、彼女は、ぶつかった籐椅子にはじかれて、よろめいた。

「おばあちゃん！」

慌てて駆け寄ろうとする皆を制して、祖母は唸った。直後、ぎぎぎ……と歯ぎしりも続いた。激昂しているらしい。体が震えている。

怒ってる、と美久は呆気に取られた。日々、感情の波をあらわにすることなく、常にうつらうつらとしながら過去への心の旅に身をまかせているだけと思われた祖母が、エネルギーを爆発させて怒っているのだ。

「さっきから聞いてれば、いい気になって好き勝手なこと言って。肌馬ってのは、私の母親、つまり、哲子のおばあちゃんであり、美久のひいおばあちゃんである人が、自分をなぞらえて言った言葉なんだよ。あの時代は、堅気の女は子を産む機械みたいに扱われたんだから！」

あ、聞いたことある、と美久が口をはさんだ。

「何年か前も、男の政治家が口にして、大問題になってたよね」

「伝統ある概念だったんだね」

そう頷く直人は、美久の両親に冷たい視線を送られているのだが、一向に意に介さない。

「そもそも、ホームドラマというものが、いまだに肌馬をスタート地点にしているのがけしからん！」

祖母は、どん！　と叩く机がないので、握り拳を突き上げた。

「ばあちゃん、マジ、格好いい……」

「女闘士のようです」

孫カップルに感嘆されて、祖母は、誇らしさを滲ませて笑った。

「おだてられると、すぐに機嫌を直して、現金なんだから……だいたいママはねえ……」

母が言い返す前に、直人が言った。

「種馬も当て馬も肌馬も重要ですが、そこから生まれるのが子供である必要は必ずしもないんじゃないんですか？」

そうそう、と美久は呟いた。闘おう。世界を自由にするために、と前に観に行った古いコメディのフィルム・フェスで出会ったチャップリンは、映画「独裁者」の中でスピーチしていたではないか。機械よりも人類愛だと。

時には
父母のない子のように

「時には母のない子のように」という十九世紀アメリカで生まれた黒人霊歌がある。原題は、“Sometimes I Feel Like A Motherless Child”という。ゴスペルの定番曲として、何人もの有名アーティストによってカバーされている。サッチモことルイ・アームストロングやマヘリア・ジャクソン、サザンソウルのレジェンドであるO.V.ライト、ディスコソングで有名なボニーMにまで。

〈時々、自分が母のない子のように感じる。故郷から遠く離れて〉

親元から引き離され、奴隷としてアフリカからアメリカに連れて来られた黒人労働者たちが、二度と母に会えない自分たちの心の叫びを歌に託す。まるで母のない子のようだ、と。過酷な運命も、死ねば終わる。Soon-Ah Will Be Done.

ところで、寺山修司にも同じ題名の歌があって、それは、この黒人霊歌からインスピレーションを得たそうだ。彼が主宰する劇団「天井桟敷」の新人女優カルメン・マキのデビュー曲。一九六九年に大ヒットした。

私は当時、小学生で、ゴスペルに発想を得ているとは知らないまま、この歌を聴いた。そして、大変なショックを受けたのであった。それまで知っていた、どの歌謡曲とも違っていたからである。明るく男女のロマンスを歌うでも、悲しい恋の終わりの未練を訴えるでもない。大人たちへの反抗表明めいた叫びでもなかった。

何故だろう。まだ子供のくせに、子供の時分に戻されるようだ、と感じたのである。その頃、既に、洋楽に馴染み始めていて、日本の歌謡曲なんてダサイ（……という言葉はまだなかったが）よね、といっぱしの意見を、同じようにませた子供たち同士で交換していたが、そんな大人ぶりたい気分を、いっきにぺしゃんこにしてしまった歌。それが、カルメン・マキの歌う「時には母のない子のように」なのだった。

〈時には母のない子のように
だまって海をみつめていたい〉

この〈海をみつめていたい〉が、〈ひとりで旅に出てみたい〉とか〈長い手紙を書いてみたい〉などに変わりながら、最後は、このフレーズで締めくくられる。

〈だけど心はすぐかわる
母のない子になったなら
だれにも愛を話せない〉

ここまで聴くと、もう駄目である。まるで迷子になったように心細くてたまらなくなるのである。わあっ！　と叫んで、母を捜し、その膝にすがり付いて、彼女のまいかけ（前掛けのこと。決してエプロンでは有り得ない）で、悟られないように涙を拭う。そんな衝動に駆られるメロディ、歌声、そして歌詞なのであった。

「夜、聞いたらやんなる」

一緒に宿題をしていた子が、ぽつりと言った。でも、あの人、夜しかテレビに出ないよね、ともうひとりの子が続けた。ほんとだ、と私が相槌を打った。

夜が似合う曲、のようにも思えたが、それも少し違っていた。大晦日の夜、ＮＨＫの紅白歌合戦に出場したカルメン・マキを観ながら、子供心に違和感を覚えた。これは、家族の団欒（だんらん）の時に流れるべき歌ではない、と感じたのだと思う。

「母のない子のように〜したい」と子供に言われてしまっては、母としての立場はないだろうなあ、と親を慮(おもんぱか)ったのは、それから、ずい分と経ってからのことだ。

若くして、子供を作り、生活に追われる毎日を送っている友人が言ったのだった。

「あーあ、たまには、子のない母親みたいに、自由にやりたいよ」

それを聞いた私は、不思議に思って尋ねた。

「子のない母親？　それ、子のない女、とは違う訳？」

あ、やっぱ解(わか)んないか、と友人は肩をすくめて笑った。

「ふるさとみたいにさ、遠きにありて思うものって位置付けするいくつかがあるとして、自分の子供もそのひとつなんだよ。時々だけどね。時々」

「それは『ある』のが前提な訳ね」

「そ。あらかじめ『ない』のだったら、ことさら自由にやりたいなんて思わないよ。子供のせいで自由じゃない、と思うから自由になりたいなあって憧れるんであって、子供なしの自由なんて、今の私にはこれっぽっちの価値もない」

「おお。昔、誰にも束縛されたくないって言ってた人とは思えない」

「あんたも言ってたじゃん。そして、言った通りに、気ままで自由なのを貫いている。偉い！」

いやいや、それは違う、と否定したかった。そして、実は、私は、ずっと昔から不自由なんだよ、と続けたかったが、どう説明して良いのかが解らなくて口をつぐんだ。私の不自由が、ある種の人々にとっての贅沢品であるのは、じゅうじゅう承知していた。

時には母のない子のようにと書いた寺山修司と、時には子のない母のようにと想像する私の友人。この「ない」は、「ある」からこその仮定の「ない」だ。それを使える時は、不幸じゃない。愛を話すことが、まだ出来るのだ。

では、黒人霊歌の「母のない子のように」は？　母は、いる。でも、もういないのと同じだ。その事実を歌う。それを考えると、霊歌から発想を得た寺山の詞は甘いようにも思える。だって、こちらは、この状態なのだ。

Way Up In The Heavenly Land
（天国にのぼらんとするところ）


昨年、私は、一月の終わりに父を、十一月の終わりに母をなくした。

と、このような一文を書こうとする時、いつも迷ってしまうのだが、家族が死んだら、そのまま「死んだ」と書くべきなのか、それとも「亡くなった」とするべきなのか。

「亡くなる」は「死ぬ」の婉曲表現であり、敬語ではないので、身内に使っても良しという意見がある一方、「亡くなる」は身分の高い人の死去に用いる言葉で、身内には使ってはならん、という説もある。調べると、身内には「死なれる」と使うのが無難と教えてくれる場合もある。なお、その「亡くなる」、人間に対してのみ使われるのであり、犬猫などのペットには適さないと書いてあるものの本もあった。

でもさ。じゃあ、ペットを家族以上に愛していた場合はどうするの？……と、色々と考えてしまい、ますます困惑するのである。本来は身内以外に使ってはならないとしている説もあるし……ええい、ややこしい。

「両親に死なれまして……」

これは駄目だ。というより嫌だ。何だか、自分が、すごく惨めな子になったみたい。

「両親が死にまして……」

「死ぬ」はなんか、ちょっと、むき出しの感じがしない？　と、昔、友人に言われた。義弟が若くして他界した時のことだ。そうかなあ、と私は反論した。「亡くなる」は家族に敬語使っているみたいで落ち着かないのよ。すると友人は呆れたように笑ったのである。あんた、考え過ぎ！　職業病じゃないの？　何も、家族がごはんを召し上がりましたって言ってる訳じゃないんだからさあ。死んだ時ぐらい、丁寧な言葉使ってやれば？

なるほど。私のなりわいは物書きだが、そして、もうキャリアも四十年近くなろうとしているのだが、いまだ小説内で登場人物に家族の死を語らせようとする時、どうするべきか、と悩んでしまうのである。亡くなったって無防備に使っちゃって良いのかな、と。

いや、良くない、と私の内なる何かが告げる。で、考えた末、平仮名で「なくなった」

にすることに決めた。

ええ、私の父と母は、その年、続けてなくなったんです。死んだんです、とは、ずい分ニュアンスが異なるけれども、ま、いっか。

面倒臭いこだわりを持った自分に苛々するが仕方ない。でも、何故、こうなんだろう。私は、昔から、尊敬するのは、お父さんとお母さんです、と胸を張って言う人が苦手だった。その臆面のなさって何なんだろう、と、発言者（自分とは無関係のＴＶタレントだったりするのだが）を、まじまじと見てしまうのである。親を尊敬してるんだ、それ、言えちゃうんだ、と。

私は、親に敬意を払おうとはして来たが、尊敬はしなかった。いや、幼ない頃、尊敬の意味が解らず、授業の流れで自分の尊敬する人を言わなくてはならなくなった時、「父です」と答えてしまったことがあった。教師は、微笑ましいと言わんばかりに、にこにこして理由を尋ねた。私は、一瞬言葉に詰まったが、期待に応えるべく、言った。

「子供のために生きているから」

教師は、深く頷き、感に堪えないというように溜息をついた。

「素晴しいお父さんなのね……」

喜ばせた！　と感じた私自身も喜び、この喜びを母にも分け与えてやろうと、家に帰るなり、ことの顚末を語った。すると、意に反して、母は激怒したのである。

「子のために生きてるのはパパだけじゃないのよ！」

なるほど。自分の功績をないがしろにされたと思ったのか。

母は、それからしばらく怒り続けていた。ああ、面倒臭い。トーマス・エジソンとか間宮林蔵（偉人伝記シリーズで読んだばかりだった）とかにしておけば良かった。そう思った私だが、後に、言葉の正確な意味を自分なりに定義して、解った。

私は、両親を尊敬していない。

「尊敬」に親しみは含まれない、と思ったのだ。私は、父も母も好きである、と同時に嫌いと感じることもある。常に、雑多で下世話な感情を彼らに持っているのである。それは、「尊敬」ではない。もっと、いとおしくて、哀しい、何か。

そう、私は、自立して以来、こう思う機会が増えたのだった。

「パパとママのことを考えると、何だか哀しくなるよ」

強くて、側（そば）にいてくれるだけで安心出来た筈（はず）の彼らは、いつのまにか、私の目には弱い者たちとして映るようになって行ったのだ。子供たちの些細なことに一喜一憂している、愛すべき俗物。楽しそう。そして、かわいそう。自分で口にした「子供のために生きる」という言葉が、いつまでも私自身を心苦しい気持にさせた。私なんかのため？ なんで？

母は、かなりの甘党で、食後やお茶の時間には、菓子を欠かさなかった。近くの和菓子屋のものでは飽き足らず、出張する父に地方の銘菓などを買って来てくれと頼んでいた。自分でも作った。蓬（よもぎ）を摘んで来て草餅を作ったり、こねた小麦粉でドーナツを揚げたり。見よう見真似なので、家族には不評だったが。

和菓子も洋菓子も好きだったが、中でも、別格なのが、京都の亀屋清永の「清浄歓喜団」である。

元々は、密教のお供えもので、奈良時代に遣唐使によって伝えられたのだという。千年の歴史があるのだとか。

手の平に載るくらいの小さな巾着袋のような外見である。独特な香りの餡が、固い皮に包まれて揚げてある。歯が立たないほどなので、どうやって食べるのかが解らなかったが、母は、巾着の底の部分に爪を立てて、器用にパカリと割り、中の餡を小さなスプーンですくって大事に舐めた。そして、死ぬまで一本も欠けることのなかった丈夫な歯で、皮を齧るのであった。

高価なものであったし、滅多に購入出来る機会もなかったので、子供たちには無縁の菓子だったが、母の気分次第でお相伴に与（あずか）ることも出来た。

スプーンに載った小さな餡の欠片（かけら）を母が差し出して、舐めてみる？　と尋ねる。うんうん、と嬉しそうな表情を浮かべて見せながら、私は、唇を寄せるのだが、子供には、理解しがたい味なのだ。

何だか薬みたい……と伝えると、母は、我が意を得たり、というように頷く。

「そうなの。これは、お薬なの。とっても良く効くお薬なの。体も心も綺麗になるのね」

そう言われて、素直に信じた私だったが、大人になった今、思い出すと、その「清浄歓喜団」という名前と相まって、母の強い思い込みを感じずにはいられないのである。

私の母は、「家」が命の人だった。その「家」には、文字通り住処であある家はもちろん、家族や、それを取り巻く空気なども含まれていた。そして、そこの隅々には家族愛とも呼ぶべきものが行き渡っているべきと考え、そのための努力を惜しまなかった。

外食を好まない父のせいで、外の料理を知らず、献立にはいつも頭を悩ませていたが、毎月取っている婦人雑誌を読んで勉強していた。時に、グラビアに載っている料理とは似ても似つかない皿が出て来たが、父の、「ママは天才だね」という言葉で、子供たちも、そんなものか、と聞き流していた。しかし、やがて外食するようになると、家の料理との違いに愕然とすることもあった。それは、妹たちも同じで、こんな会話を交わしたことがある。

「ねえ、茶碗蒸しが二段に分かれてないものだって、いつ知った?」

「修学旅行の時。ショックだったね」

そう言って笑い合ったのだったが、今となっては、出汁と具に玉子で蓋をしたような茶碗蒸しが懐しい。あれ、おいしかった。また食べたい。もう叶わないけど。

そんなふうな我が家だけの料理がいくつもあって、父は、出されるものすべてに賛辞を送っていたが、絶対に外ではプロの料理を堪能していたと思う。この味、天才だね、とか板前さんに言って。

家の中は、母の思い通りに愛情に満ちて行った。「幸せなおうち計画」とでも呼ぶべきものが着々と進められて、それは成功しつつあるように見えた。

今では、あまり聞かないが、当時、機械編みという技法でセーターを手作りする家も少なくなく、我が家も秋口になると座敷の片隅に家庭用編み機が出現した。小型の琴かキーボードかという見た目で、並んだ針に引っ掛けた毛糸の上を、アイロンのようなパーツを行き来させることで、メリヤス編みを増やして行く。そのたびに、ザーッ、ザーッという音がする。確かブラザー製だった。

小学校からの帰り、家の側まで来ると、母が編み機を使う音が聞こえる。

「あれ、何の音?」

編み機を知らない友達が尋ねる。

「セーターを編む音だよ」

「へえ? 雨の音みたいだね」

何となく恥ずかしくなり、足早に家に入ろうとして、いつのまにか私の背後に二人、三人と子供が増えているのに気が付く。皆、ばつが悪そうに笑っている。母がいれる紅茶が目当てなのだ。母は、放課後、お茶の時間と称して私の友達をもてなすのを楽しみにしていた。どの子も大人びた扱いを受けているのを喜んでいるようだった。私だけが、そっぽを向いて石坂洋次郎原作のテレビドラマの再放送を観ていた。

私は、こんなふうに感じていたのだ。どうして、愛情あふれる家族としての我が家を人に見せたがるのだろう。いいなあ、優しいお母さんで、という言葉を他の子から聞くたびに思ったものだ。違う！　いや、そうだけど、ちょっと違うのだ、と。

母の優先順位は、常に「家」がトップに来ていた。それは「家」であってただの住処としての家ではない。家族のひとりひとりが互いを思いやる場所。愛情の絡み合う精神の依りどころとしての家なのだ。ハウスではなく、ホーム。ホーム、スウィート、ホーム。

家族全員で、食後に何をするでもなく茶の間でくつろいでいる時、母は、いただき物のヴァン・ホーテンのココアの粉を砂糖と共にカップに入れ、熱湯を注いで練るように私に言う。私が言われた通りにしていると、彼女は笑う。

「そうそう。時間をかけて練れば練るほどおいしくなるの」

頃合いを見て、母は、私からカップを受け取り鍋に移す。そして、娘たちが学校で残して持ち帰った三角パックの牛乳を注いで火にかけるのである。出来上がったミルクココアには、バターの欠片を落とす。薄くてまずかった牛乳が絶品の飲み物に変わる。

ふうふう吹きながらカップに口を付ける子供たちの顔をながめる母の満足そうな表情を忘れることが出来ない。

甘いココアの運ぶ幸せを味わいながら、実は、私は、こんなことを考えていた。ここから、ひとりでもいなくなったら、この人はどうなるんだろう。

そう思うと目の前が暗くなるのである。私というパーツが欠けただけで、この「家」のかたちはいびつになる！　この人たちに私を失わせてはならない！　そう決意した瞬間から、私は不自由になってしまったのである。まだ子供だというのに。

その瞬間は、何度も来た。いつも唐突に私を襲うのだ。家の中から編み機の音が聞こえる。ザァーッ、ザァーッ。母が私を待ってくれている。私の家だけに降る雨の音。そう認める時、幸福故の不自由が私の胸を詰まらせるのだ。

私の家では、誰かが入浴している最中には、必ず、他の誰かが声をかけることになっていた。安全確認のためだ。母に言われて、私が風呂場のドアを開けて、「だいじょうぶ〜」とおざなりな感じで叫ぶと、返事の代わりに、石原裕次郎を歌う父の声が聞こえたりする、その瞬間など。眩暈（めまい）がした。

父と母は、よく不思議なゲームをして笑い転げていた。二人で向き合い、同じように共に右手、あるいは左手を上げる。上腕を耳に付けるようにピンと立てる。そして、空いている手で相手の脇の下をくすぐる振りをするのである。本当にくすぐってしまったら失格。

そして、どちらが耐えられずに先に腕を降ろして噴き出すかで勝敗を競う。子供たちは、その様子をしょうもないなあ、と呆れてながめている。本当に馬鹿みたいだ、と私も思っていたが、ある時、様子が違っていた。

夜更けに、水を飲みに台所に行った私は、夫婦の寝室として使っている座敷で、父と母が、またそのゲームをしているのに気付き、覗いた。いつものように、どちらかが噴き出し、そして二人の笑い声が重なったと思いきや、母が涙声になって言った。

「何も、自殺しなくったってもねえ……」

うん、と父が気落ちしたように呟いた。

「あんなふうに子に先立たれたら、この先、つら過ぎるなあ……生きて行けるか？」

翌朝、同じ社宅に住む父の同僚の息子さんが自殺してしまったと聞かされた。中学卒業後の進路を巡ってもめていたのだという。

年が離れていたせいで話をしたこともなかったそのお宅の息子さんではあったが、発見時の様子などを聞いて怖くて震えた。しかし、前の晩から私を恐怖に落とし入れていたのは、父と母の忍び笑いの後の湿った囁きだった。この先、つら過ぎるなあ……生きて行けるか？

ああ、またもや巨大な不自由が私の許にやって来る、と思った。私は、絶対に先立てない運命なのだ。

私だけじゃない。思い煩うことなく、のびのびと育っている妹たちも、家長然としようとして、いつも失敗しているユーモラスな父も、そして、母も。誰かひとりが欠けたら……そう想像しただけで、私の足はすくんでしまうのだった。

あの頃から続いていた恐ろしさを、どうにか払拭しようとして、私は小説を書き続けている。そんな気がしてならない。

そして、今、先立つ不孝からようやく解放され、ほっとしている。あの人たちを悲しませずにすんで良かった。私は、ようやく自由になった。しかし、自由とは、何という寂しさを伴うものであることか……などと、暫定的な感傷に浸ってみる。何故、暫定的かというと、自分が結婚しているという事実を、すぐに思い出すからだ。相手のために、勝手に死ねない。私の不自由は、まだまだ続く。

もう大分前のことになるが、私の「トラッシュ」というニューヨークを舞台にした長編小説が翻訳され、その出版の打ち合わせにマンハッタンにしばらくの間、滞在していたことがあった。ブロンクス出身のアフリカ系アメリカ人である前夫の里帰りも兼ねていた。

スタッフとの顔合わせのために、私たち夫婦は、当時、一番、最先端を行っていると評判のレストランのランチに招待された。ユニオン・スクエアからほど近い、スタイリッシュな内装の店で、メニューにある料理名と実際に目の前に置かれるプレイトが全然結び付かない、九〇年代のニューヨークによくあった斬新さを競う店。皆、歓声を上げながら舌鼓を打った。食材は奇妙奇天烈にアレンジされていたが、味は悪くなかった。交わされる会話も、そういった場所に相応しかった。生活感がなくて、クール！　これぞ都会的？　いや、皮肉は言うまい。私たち夫婦は、とても気づかわれていて、誰もが優しく感じ良かったのだから。

話題が「女の仕事」に移った時、スタッフのひとりが私に尋ねた。あなたのお母さんは何をやっているの？　年齢は聞かないが、職業に関しては知りたがる。女が報酬を伴う仕事を持つのは当然、と言わんばかりの九〇年代ニューヨークのどまん中の人たち。ブロンクスにはない空気。

来たよ、と思い、私は、少し苛立ちながら答えた。

「ハウスワイフです」

皆、え？　という感じで隣の人と視線を交わす。質問の主が、また言う。

「えっと……あなたのお母さんの仕事について聞いたんだけど」

そんなの解ってるよ、"do" が職業を指していることぐらい。

私は、もう一度答えた。

「家のことをやってます」

しばしの沈黙が訪れた時、前夫が、場を取りなすように言って、私に相槌を求めた。

「妻の母は、キモノを仕立てたりしているんですよ。ね？　そうだろう？」

NO！　と私は即座に答えた。もう、やってないよ（ノット エニイモア）、と。そして、これ以上、聞いてくれるな、という意思表示のために、きっぱりと言った。

「私の母は、専業主婦（ハウスワイフ）です！」

その後、一応、なごやかにランチをやり過ごし、ロウアーイーストの方向に歩きながら、どうにも腹が立って来るのを抑えられず、前夫に訴えた。

「ハウスワイフの何が悪いのよ！　家族のために家を整えるのだって、りっぱな仕事でしょ？　家の数だけ流儀（スタイル）はあるってのにさ。あー、胸くそ悪い！」

「うーん、マンハッタンのああいう人たちって、キャリアが何より重要な意味を持つと思っているから……」

ふん！　と前夫の話を途中で遮り、私は、ずんずん歩いた。バワリーの小汚ない馴染みのバーに辿り着けば、私の好きな種類の人々が私を待っている。母親のホームクッキングを手に入れられなかったが故に、その素晴しさを知る人々が。

今、「清浄歓喜団」を見ると、あの時のニューヨークを思い出すのである。

それは、現在、京都駅の新幹線改札口を入った先で、手軽に購入出来る。車内で食べる「いづう」の鯖寿司などを買う際に、奈良時代に伝わったという唐菓子（からくだもの）の黒い箱が目に入り、私を昔に引き戻すのである。私の母はハウスワイフです、と明確な発音の英語で伝えたあの時に。

私は、専業主婦になりたいと思ったことは一度もない。けれども、専業主婦であった母を偲ぶ時、あれは生半可な気持じゃ出来ない仕事だぞ、とつくづく思う。回想の中の母は奔走している。家族をまとめて、丹精して、自分なりの清浄歓喜団をこしらえるべく、奮闘している。

我が家は転勤族で、私が中学に上がるまで、あちこちの社宅に移り住んだ。見知らぬ土地で身を寄せ合う内に、父と母は、家族の結束を最重要事項に置いたのだろう。他人に気をつかい過ぎる母は、社宅の人間関係に悲鳴を上げて、いつも父の許に逃げ込んでいた。そして、高度成長期のサラリーマンであった父は忙しい仕事の合間の家族との時間だけが安らぎ、と口癖のように言っていた。娘の私は、と言えば、転校生の宿命で行く先々で苛(いじ)めに遭っていて、家にある文学全集の世界が逃げ場。下の妹たちは、一番、家を必要とする幼な子である。

あの頃の私の家は、まさに「巣」であった。両親の懸命な巣作りのさなか、枯葉や枝や樹皮のような材料に足を取られて動けなくなっていたのは私だけだったのか。産座(さんざ)で庇護されていた妹たちが何を思っていたのかは解らない。たぶん、私のような面倒臭い感情を持て余したことなどなかっただろう。

父と母は仲の良い夫婦であったが、一度だけ、父の浮気が発覚して、ひどい状態に陥った。彼が単身赴任中の出来事である。相手の女性が母に電話をかけて来て、ばれた。週末、平然と妻子の許に帰る男が許せなかったのだろう。

ある日曜日の夜更け、庭ですごい音がしたので階下に降りて行くと父がダイニングテーブルの前に身じろぎもせずにいた。視線は、庭の方に向けたままで、私もそちらに目をやると、信じがたい光景が広がっていた。

ネグリジェ姿の母が、庭にずらりと並べられていた植木鉢を片っぱしから地面に叩きつけて割っていたのである。居間からの灯りに照らされたその様子は現実のものとは思えなかった。咄嗟に父を見ると、彼は、消え入りそうな声で、ひと言「面目ない」と言った。

そして、事のいきさつを語り、呆気に取られる私に哀願するのだった。

「おねいちゃん、どうしよう。どうしたらいい？　どうにかしてよ」

「はい⁉」

「ママ、止まんないよ？」

その瞬間、私は激怒したが、努めて冷静に言った。その方が効果ありと知っていた。

「自分の問題は、自分で責任を取れ」

はあ……と父は深い溜息をつき、しかし、そこから動かないので、仕方なく、私が庭に降りて母を止めて落ち着かせ、家に入るよう促さなければならなかった。

翌朝、父は再び赴任地に戻り、その夜、私は、今度は、母の嘆きを延々聞く破目になったのだ。

「○○姫に、パパ、とられちゃう」

○○姫というのは、当時、人気のあった時代劇のTVドラマで、その魅力で正妻から殿の心を奪ってしまうという役。美しい大女優が演じていた。父の浮気相手の名も同じ○○だという。……だからと言って……なぞらえなくても。

「大丈夫だよ、ママ。女房思うほど、だんなもてもせずって言葉、あるじゃん?」

私が慰めているのに、母は、きっと、こちらをにらんで反論するのである。

「何、言ってるの!? パパは、すごくもてるんだよ! ○○姫だって、××(姫を演じている美人女優)だって、パパのことが好きになるに決まってる! おねいちゃんには解んない!」

……ああ、そうですか。

私は、家族に「おねいちゃん」と呼ばれている。姉の役割を押し付けられた記憶はないが、名前で呼ばれたこともなく、そして、それを問題視した覚えもないが、この時、私は、自分が本物の「おねいちゃん」になってしまったんだなあ、と思った。

あれから一度も両親が、あの「事件」について蒸し返すことはなかった。私は、自分だけ馬鹿を見たような気分だった。二人は元通りになり、顔を見合わせて、けらけらと笑っている。高校生だった私は、それまで読んで来た本の記憶を辿り、どうにか男女の業病の症例を見つけようとしたが、その内、どうでも良くなってしまい、忘れたふりをした。

元日に、我が家では、いつの頃からか「お屠蘇（とそ）の儀式」というのをやるようになった。親元を離れて好き放題の人生を送って来た娘たちが、中年と呼ばれる年齢を過ぎて、再び「巣」に集結して、ひとりひとり父から薫陶めいたものを聞かされるのである。姪たちも、時々、入れ替わる配偶者も交えて、ほとんど余興の様相を呈してふざける。小さく野次も飛ばす。

しかし、父自身は真剣なのである。全員と順番に屠蘇の盃を交わしながら、新しい一年に向けての所感を述べる。皆、はしゃいだり、おどけたり（でなきゃやってられない）している内に、しんとなる瞬間がやって来る。

晩年が近付くにしたがって、父が途中、泣き出すようになったのである。だいたい、偉人のありがたい言葉（吉田松陰とか）を引用している最中に声を詰まらせるのだ。

毎年のこと、と思いながらも、全員、困惑して顔を見合わせる。すると、ある年、母が言ったのだった。

「やーだ。パパったら。あたしがいるから、安心して甘えちゃって！」

姪たちが手を叩き始めて、それが全員の拍手になった。私も、仕方なく従った。そして、ぼんやりと思ったのだった。この人たちも、子のない父、そして母である自分を、ほんの一時（いっとき）でも夢想したことがあったのだろうか。

私の両親がなくなった翌年、明けて、まもなく、今度は、夫の父が他界した。生前、堅実な職業に就いていた義父と不安定で自由な生活を優先していた夫は、あまり折り合いが良いとは言えず、たまに会っても、互いに仏頂面。親しく口を利くこともほとんどなかったようだ。

ところが、夫と私が結婚した後、少しずつ変化して行った。呑気に接する私を間にはさんで、二人の距離はいっきに縮まり、一緒に温泉旅行に出かけるまでになった。義父が体調を崩した時は、心配して、まさに飛んで行くという感じで、大阪の実家に帰省した。なくなる前に関係が修復出来て良かったなあ、と私は思った。はたから見ていて、夫が幼ない頃は仲良し父子だったのだろうと解った。自我の目覚めが親子関係を歪めるのは、よくあることだ。

私たち夫婦は、いつも冗談ばかり言っていて、時に、大ヒットじゃない？　というフレーズを口にして悦に入ることがある。わーっ、これぞ夫婦（めおと）善哉ならぬ夫婦漫才だね、と浮かれるのである。そんな時、忘れないようにと、夫がメモ用紙に書き留める。忘れたら、もったいないよ、と二人で同意して満足するのだが……後で読み返して、あまりの馬鹿馬鹿しさに失笑してしまうのだった。何故、それが、あんなにもおもしろかったのか、もう意味すら解らない走り書きの束が、部屋の隅に重なっている。
義父がなくなって、しばらく経った頃、部屋を片付けていて、そのしょうもないメモを久し振りに見た。そして、あれ？　と思ったのである。そこには、私の覚えのない文言がいくつも並んでいるではないか。
読んで行く内に、それが、死の床にある義父の様子を夫が書き記したものだというのに気付いた。こっそり、こんなものを書いているなんて、全然、知らなかった。

〈トイレ入った時に解った。父のストーマのにおい、おれのウンコのにおいとおんなじやないか〉

この一文に、くすりと笑いながら読み進めて行って、次の瞬間に目が留まった。

〈雪が食べたいと言ったので、食べさしたら、嬉しそうな顔で、おかわりと言うた、らしい〉

雪は、やはり、美味なる死に水なのか。

つい泣いてしまったのか、ぺんてるの水性サインペンで書かれた、いくつかの文字が滲んでいる。

私は、自分の内側のある部分から、あの寺山修司の歌が湧き上がって来るのを感じた。

時には、母のない子のように。

黒人霊歌の「時には」と比べると、ずい分とお気楽なんじゃない？　と感じたことがあった。でも、今、解った。時には、で良かったのだ。いいえ。時には、が、良かったのだ。

あとがき

ＰＣとは、本文中にもある通り、ポリティカリー・コレクト、もしくは、ポリティカル・コレクトネス（politically correct or political correctness）のことである。政治的に正しいという意味である（らしい）。言葉、表現、行動などの政治的妥当性を指す（らしい）。

（らしい）と、皮肉っぽく付け加えたのは、このところ、それに引っ掛かる言葉の範囲があまりにも広くなり、時々、何がなんだか解らなくなるからである。

人種、信条、性別、体型、出自などによる偏見や差別を含まない中立的な表現や用語を使用するべし、とそこまでは解るのだが、え、そんなとこまで、目を付けられちゃうの？　という事柄も。

男子の「くん付け」、女子の「さん付け」は、男女差別を助長するから、すべて、「さん付け」で統一する、とかさ。

やだよ、そんなの、と思う。私、男子を「くん付け」で呼べるからこそ、男女差別から解放された気分になれる人間。クソ生意気な年下の男を「さん付け」でなんか呼べるかい。ちなみに、遡ること四十年近く前、直木賞の正賞としていただいた懐中時計の裏側には「山田詠美君」と彫られている。どうだ、イカス（死語）だろう！（と、見せびらかしていたら、どっかに行っちゃった……家の中にあるとは思うのだが）
この間、ヨーロッパに住む小説家の知人が遊びに来て、長い時間、お喋りに興じていたのだが、「文学とPCは、時々、相容れないよね」で、意見が一致。何故か。文学には差別される側、する側、両方を描く義務があるからである。
くり返しになるが、はっきり言おう。

「差別を描くことと、差別主義者であることは、全然違う」

そして。

「個人のあまりにもひそやかな領域では、PC違反は極私的快楽になりえる」

この二つを信条として、日々、言葉の可能性を探っている小説家は、色々と誤解を受けやすい。徒労感に襲われたりもするが、誤読されるのは、自分の実力が足りないからだ、と殊勝な気持になって精進しようと思う（ほんと）。

今回は、政治的に正しい、正しくない、と簡単に仕分け出来ない人間の事情を短編小説の形で描いた。しかし、それだけでは肩もこってしまうだろうから、捨て置けない、いとおしい者たちの間に漂う空気をすくい上げたストーリーを間にはさんでみた。ひと息つける心安い栞（しおり）のような役割を果してくれれば良いのだが。

それぞれの短編でお世話になった担当編集者の方々に、心からの御礼を伝えたい。小説の数だけ、作家と編集者との間には、特別な物語がある。皆さん、ありがとうございました。とりわけ、この本をまとめてくれた幻冬舎の茅原秀行くん（はっ、くん付けだ！）、長年の御愛顧（？）に感謝します。そして、素敵な装丁の本に仕上げてくださった鈴木成一さんにも謝意を捧げたい。

最後に、もちろん、仲良く同じ年に旅立って行った父と母にも、ありがとうと言わねば、ね。私はもう、父のない子にも、母のない子にもなる必要がない。あなたたちを思う時、私の許には、永遠という代物がやって来る。

二〇二三年　秋

山田詠美

初出一覧

「わいせつなおねえさまたちへ」……………「新潮」2021年1月号
「F××K PC」……………「すばる」2022年5月号
「ブッディスト・ディライト」……………「花椿」2013年6月
「私の愛するブッタイ」……………「文學界」2021年2月号
「たたみ、たたまれ」……………「新潮」2022年7月号
「家畜人ヤプ子」……………「文學界」2022年9月号
「ぼくねんじん」……………「北國新聞」2021年10月30日号
「陰茎天国」……………「新潮」2023年1月号
「ジョーンズさんのスカート」……………「モノガタリ by mercari」2022年5月
「MISS YOU(ミス ユー)」……………「すばる」2023年1月号
「ジョン&ジェーン」……………「小説幻冬」2023年8月号
「肌馬の系譜」……………「文學界」2023年5月号
「時には父母のない子のように」……………「新潮」2023年7月号

山 田 詠 美
Amy Yamada

1959年、東京都生まれ。
85年「ベッドタイムアイズ」で第22回文藝賞を受賞しデビュー。
87年「ソウル・ミュージック・ラバーズ・オンリー」で第97回直木賞、
89年「風葬の教室」で第17回平林たい子文学賞、
91年「トラッシュ」で第30回女流文学賞、
96年「アニマル・ロジック」で第24回泉鏡花文学賞、
2001年「A2Z」で第52回読売文学賞、
05年「風味絶佳」で第41回谷崎潤一郎賞、
12年「ジェントルマン」で第65回野間文芸賞、
16年「生鮮てるてる坊主」で第42回川端康成文学賞を受賞。
他の著書に『ぼくは勉強ができない』
『明日死ぬかもしれない自分、そしてあなたたち』
『血も涙もある』『私のことだま漂流記』などがある。

装画
加藤千歳
ブックデザイン
鈴木成一デザイン室

JASRAC 出 2305891-301

肌 馬 の 系 譜

2023年10月20日　第1刷発行

著者
山田詠美
発行人
見城 徹
編集人
志儀保博
編集者
茅原秀行
発行所

株式会社 幻冬舎
〒151-0051 東京都渋谷区千駄ヶ谷4-9-7
電話：03(5411)6211〈編集〉／03(5411)6222〈営業〉
公式HP：https://www.gentosha.co.jp/
印刷・製本所
中央精版印刷株式会社
検印廃止

Printed in Japan　ISBN978-4-344-04191-2　C0093
この本に関するご意見・ご感想は、下記アンケートフォームからお寄せください。
https://www.gentosha.co.jp/e/